PEIXE BOI

jabuticaba

revista de literatura
editada por Ricardo Domeneck

nº2

revista peixe-boi
Ricardo Domeneck

edições jabuticaba
Marcelo Lotufo e Cesare Rodrigues

design capa
Marcelo Lotufo

imagem da capa
Paul Mecky

logo peixe-boi
Marcello Sahea

revisão
Marcelo Lotufo e Cesare Rodrigues

ISBN: 9786500955200

Revista Peixe-Boi
@revistapeixeboi

Edições Jabuticaba
@livrosjabuticaba
facebook/Edjabuticaba
www.edicoesjabuticaba.com.br

jabuticaba

B O I

TRADUÇÃO

PEIXE

EMPALHADOR

a pre sen ta ção

A revista *Peixe-Boi* chega a seu segundo número.

No primeiro, a edição buscou dedicar-se exclusivamente à produção contemporânea brasileira, mas questionando tanto as noções engessadas de "contemporâneo" como as de "brasileiro", abrindo com sonetos do russo naturalizado brasileiro Valério Pereliéchin (Rússia, 1913 – Brasil, 1992), e trazendo também poemas das tradições ameríndias e de matriz africana. A seção PEIXE trazia poemas e a seção BOI, contos.

Agora, buscamos olhar para a língua, mas expandindo um tiquinho suas fronteiras, botando na cara uns óculos para ajeitar a miopia. Este número traz textos de colegas de Portugal, Angola e Cabo Verde. Além de contos e poemas, publicamos aqui também um ensaio do editor piscibovino sobre a figura exuberante e complicada que foi Roberto Piva.

Agradecemos a todos os nossos autores, a Marcelo Lotufo e Cesare Rodrigues, e a todos os nossos leitores.

Rocirda Demencock, editora-chefa.
no Ano de Nossa Senhora da Escuridão 2024.

boi

APARECIDA VILAÇA & FRANCISCO VILAÇA GASPAR

WALDISNEY SILVA, DETETIVE PARTICULAR

Decidi escrever minhas memórias antes que elas se tornem póstumas, o que, de acordo com as cartas da cigana Serafina, agora já não tardará muito: o Enforcado, seguido da Lua, seguido do Caixão. Para nós dois estava claro que uma coisa se fazia urgente: deixar meus afazeres em ordem. Que ironia! Uma profecia notoriamente ambígua da mesma cartomante, um mês antes, tinha me dado esperanças até aquele momento.

– Você encontrará o fim na investigação!

Inocentemente, supus que isso significava que o contratante me pagaria um extra por mais um serviço realizado, e não a biogênese de um formigueiro sobre minha carcaça, alvejada e abandonada sob os pés de um abacateiro às margens de um riacho. Definitivamente, um homem sério, moderno e positivista como eu, não deveria se fazer refém de sincretismos tão arcaicos. Mas ao longo dos anos aprendi que no meu tipo de trabalho o oculto é considerado uma prova circunstancial contundente.

Vou chamar minha biografia de memórias pré-póstumas de Waldisney Silva. Uma homenagem ao Machado, bruxo imortal; tenho literatura na bagagem. Começarei três meses antes do princípio do princípio. Rosemary Vaca, 18 anos, grávida de seis meses, estatura mediana, rosto largo, cabelos bem pretos, olhos grandes e negros como um eclipse solar, que podem te fazer perder não só a visão, mas a alma, se os encarar diretamente. A mulher mais linda e piedosa do mundo e, em três meses, minha mãe. Nascida em Riberalta, Bolívia, obrigada a se mudar para o Brasil - leia-se fugir com seus poucos pertences enrolados em um trapo - quando o seu marido, meu pai, foi morto por contrabandistas após perder um carregamento de munição atravessando o rio Beni.

Não se sabe como conseguiu chegar a Ji-Paraná, do outro lado da fronteira, em Rondônia. Após semanas dormindo na rodoviária coberta por um papelão, foi contratada por padres misericordiosos como lavadeira da casa paroquial. Os eclesiásticos impressionaram-se com sua profunda devoção a São José e com a perfeição com que engomava uma batina. Nasci na paróquia, milagrosamente no dia 19 de março, justamente o dia de São José, o que fez os párocos se afeiçoarem ainda mais à minha mãe, professando, na missa do domingo seguinte, que muitas coisas boas viriam para uma criança nascida em um dia tão especial. Hoje, mais do que nunca, à luz dos últimos acontecimentos, tenho minhas dúvidas sobre essa afirmação em particular

Não tardou para minha mãe tornar-se encarregada da paróquia, o que nos garantiu alguma estabilidade financeira e uma pequena casa nos fundos do terreno. Quando completei cinco anos, fui matriculado no colégio dos padres, onde assistia a aulas diárias de catequese. Aos sete anos rezei novecentas ave-marias e cem pais-nossos por apropriação indevida dos dízimos da igreja. Aos doze, punição semelhante, com adição de duas horas ajoelhado no milho, por vender relíquias alegadamente falsas da mortalha da irmã Dulce.

No dia em que completei dezesseis, alto, esguio, com um farto buço que cobria parcialmente meu lábio superior, senti-me um homem. Um pássaro precisa deixar o ninho para voar. Juntei "minhas" economias, pedi a benção para a minha mãe e para o reverendo Castro e saí no início da noite, trajando minha melhor roupa: calça jeans, camisa do Arsenal, tênis Nike e boné, tudo importado da Bolívia. Deixei pra trás os trapos velhos que os padres resgatavam da pilha de doações, certo de que em poucos meses só compraria roupas de grife legítimas. Sentia-me com todo o mundo à minha frente, a caminho do meu primeiro milhão de dólares.

Após seis horas chacoalhando em um ônibus, cheguei a Guajará-Mirim e atravessei o rio Mamoré rumo à Bolívia, tal qual Alexandre atravessando estreito de Dardanelos rumo à Pérsia. Estabeleci residência em Guayaramerín, cidade de ruas largas e prédios baixos, onde 'procedência' e 'nota fiscal' não são consideradas palavras polidas. Logo na primeira semana, enquanto tomava um café e comia uma empanada com os outros barqueiros, conheci Maicon Oliveira, um homem de seus cinquenta anos, rústico, com sorriso acalentador e semblante pacífico. Dizendo reconhecer uma forte semelhança, perguntou-me se era parente de Rosemary Vaca, sua prima, há muitos anos desaparecida. Era proprietário de uma pequena frota de lanchas e chatas e realizava o transporte de passageiros e mercadorias pelo rio Mamoré. Em situação financeira confortável, convidou-me a morar em sua casa de dois andares no centro da cidade, com um belo pátio interno, e incentivou-me a concluir os estudos e cursar uma faculdade. Tornou-se meu mentor, ensinando-me as intricadas manobras legais para comprar gasolina brasileira na Bolívia e revendê-la no Brasil, com margem de lucro mais do que razoável. Alexandre não seria grande sem Leônidas.

Após comprar um diploma de ensino médio, cursei Direito à noite na Universidad Autónoma del Beni. Foram, em retrospecto, os melhores anos da minha vida. Uma vez por semana ligava para minha mãe, pedia a benção e falava amenidades. Nas férias de final de ano, subia o rio com Maicon para uma temporada na aldeia dos indígenas que se tornaram seus amigos. Ficávamos na casa de um respeitado pajé de nome Toji, conhecido pelo nome brasileiro de Satanael, apelido dado por um pastor pentecostal e sua mulher, que viveram uns anos na aldeia, até que, por uma inexplicável obsessão em fotografar crianças peladas, tiveram sua casa e seus pertences queimados e foram obrigados a fugir no meio da noite.

Passava os dias jogando bola ou bebendo cachaça escondido de Maicon, e quase todas as noites saía com Toji para visitar a casa de algum doente. Aos poucos, fui aprendendo a língua e comecei a entender o que Toji dizia em meio a baforadas de cigarro e sessões de sucção nos corpos debilitados, com que extraía pequenas flechas ali inseridas por espíritos vingativos, na tentativa de trazer de volta a imagem do doente. Peguei gosto pelo ofício, sempre tive curiosidade pelas coisas do além; se os padres podiam comer a carne e beber o sangue do Salvador, na forma daquele biscoito insípido e do vinho ralo com que tantas vezes me refestelei depois das missas de domingo, Toji podia tirar o que ele quisesse de quem ele quisesse.

Acho que mais duas ou três temporadas já teria aprendido ofício com maestria e poderia ganhar uma grana fazendo pajelança na cidade pros desenganados pelos médicos. Como não existem medicamentos aprovados para feitiço, bruxaria ou maldição, teria uma clientela garantida. Deitado em minha rede, vendo correr o vento sobre a superfície do rio, tinha planos de, assim que me formasse, entrar com um processo para demarcar aquelas terras e expulsar toda a corja de madeireiros e mineradores que as infestavam. Como podem ver, farinha de saco podre não é estragada de todo.

Levava uma vida relativamente simples e sossegada e o dinheiro que recebia do Maicon trabalhando na logística de transporte era mais do que o suficiente para as despesas. Mas, assim como na fábula de Esopo, o Escorpião não resiste à sua natureza. No dia 19 de maio, dois dias após completar meus dezoito anos, ansiei por mais. Vivi dois anos no paraíso e mesmo assim quis a maçã, toda a Ásia, toda a Babilônia e Roxana em meus braços. Em um dia particularmente banal, cravei meu ferrão em quem só me ajudou: cinco quilos de açúcar colombiano dentro de meia tonelada de cachos de banana. De acordo com a perícia técnica, 20% das bananas tinham sido cuidadosamente abertas e parcialmente descascadas, para que seu quarto inferior fosse removido e substituído por 20 gramas de cocaína acondicionada dentro de preservativos. Em seguida, foram devidamente 'recascadas' e fixadas nos respectivos cachos, uma a uma. Como atestou o próprio procurador do estado no meu processo: "Um trabalho profissional em execução e acabamento".

Assim que aportei no Brasil, os policiais saíram de dentro dos barcos atracados. Hoje estou certo de que tudo não passou de armação de uma quadrilha brasileira; os receptadores entregaram o serviço para a polícia de fronteira, buscando acabar com os negócios do Maicon, o principal concorrente no rio Mamoré. Para mim, aquela viagem de quinze minutos rendeu a sentença de duas décadas de hospedagem na Urso Branco, e para Maicon uma multa administrativa que o obrigou a vender quase todo o seu patrimônio e sumir do mapa. Vi coisas e andei por lugares no sistema carcerário que não aparecem na Globo, mas aproveitei bem o tempo ocioso - se é que se pode chamar de ócio ficar em pé por horas a fio no revezamento de descanso naquelas celas superlotadas. Li muito, inicialmente para tentar diminuir minha pena. Por um ato benevolente do diretor, que havia cursado uma faculdade de letras, cada resumo de livro equivalia a dois dias a menos de sentença. Peguei gosto, comecei a devorar tudo o que aquela biblioteca fétida do presídio tinha disponível, dos clássicos aos ensebados livros policiais.

Dez anos depois, fui para o semiaberto e não voltei para Guayaramerín. Resolvi sair de perto da fronteira pra diminuir a tentação e fui direto para a cidade onde fui criado, Ji-Paraná. Não adiantou, má-índole é que nem sombra de cinco da tarde, vai longe. Não soube mais do Maicon; não esteve presente no julgamento e tampouco foi me visitar. Cheguei a ligar para os antigos associados da empresa, que desligaram na minha cara. Sei que mereci, mas fiquei magoado mesmo assim.

Devido a esse e outros desentendimentos com a lei no ramo de exportações, tive que adequar meus sonhos à minha nova realidade. Maturidade é ter a humildade de reconhecer que marchar sobre o rio Indo não é pra todos; não foi pro Alex, não será pra mim. Mas a culpa não é só minha, sou um homem marcado de nascença, sina dos genes que herdei do meu pai. Como disse o 'poeta das dores', que também atende pela alcunha Augusto, "sofro, desde a epigênese da infância, a influência má dos signos do zodíaco".

Um novo começo

Os dez anos no sistema prisional me marcaram. Meus olhos miram o vazio, o nariz, diversas vezes fraturado, ganhou uma espessura imponente. Não temo mais o inferno nem almejo os céus. Felicidade é tomar um uísque gelado e dormir deitado quando tiver vontade. Tenho Jesus Cristo no antebraço esquerdo e uma sereia no direito, tatuados pelo grande mestre Adélio com uma carga de caneta Bic e agulha de costura, e destreza comparável à de Michelangelo com cinzel e martelo. Especializei-me no ramo de investigações e montei escritório nos fundos da Lilian Confecções, na Avenida Marechal Rondon. Na porta, as iniciais de meu nome, Waldisney Silva: "WS - Detetive Particular". O escritório, que é sublocado, inicialmente foi depósito de roupas, caixas e mais caixas de casacos e pulôveres da confecção, que aguardavam um inverno desde a fundação da cidade. Aqui, quando não faz um calor seco, faz um calor úmido. Duas estações, fácil de se acostumar.

Tenho uma secretária, Marinalva, moça linda, de olhos castanhos claros e lábios carnudos que me lembram minha mãe. À primeira vista parece pequena e delicada, mas é forte e resiliente como um touro. Trabalha na loja em frente e suas funções limitam-se a anotar meus recados e conduzir os clientes por entre o corredor com manequins velhos até meu escritório. Religiosamente, no final da tarde das sextas-feiras, vamos ao Motel Éden, não tão bom quanto o Fetiche, onde lavam a roupa de cama, mas servem uma excelente moqueca. Passamos esses finais de tarde com o ar-condicionado no talo, tomando uísque e transando. O sagrado momento da minha higiene mental. Ela está noiva de um garoto de Porto Velho, não sou um cara ciumento.

Aqui sinto-me perto dos meus. Um ninho para que, das cinzas, a fênix possa renascer. Anandatélia, a dona da confecção, uma senhora dos seus sessenta e muitos, de cabelos grisalhos e pele uva passa, foi condenada por tráfico de drogas e incêndio doloso qualificado em São Paulo. Para a vizinhança, ela é só mais uma senhorinha, conversa com todo mundo e é vista diariamente depois da chuva tomando uma cerveja na varanda.

Meu escritório é humilde. Ainda estou procurando um decorador que caiba no meu orçamento. O ar-condicionado barulhento precisa de conserto, mas pode-se dizer que se você ficar completamente imóvel a temperatura é quase agradável, no caso de dias nublados, evidentemente. A única janela, ao lado da minha mesa, está quase colada a um muro de cimento cinza. É um ambiente escuro, mas meus clientes preferem assim. Não fossem as paredes tão finas, seria de fato um local propício a confissões. Sou um cara sensível, coloquei uma bromélia em cima da mesa para criar um clima caseiro. Na parede ao fundo, meu diploma de Direito e meu certificado boliviano da Ordem de Detetives do Beni, com validade em todo o território nacional. No chão, em frente à mesa, um couro de onça pintada que veio com a sala. Sou um cara supersticioso, não gosto dessas coisas, aprendi com os parentes do Maicon que onça é animal de respeito. Mas deixei lá, melhor nem tocar naquilo. Quando me encontro em encruzilhadas na minha investigação, costumo olhar para as pintas escuras à procura de respostas. Conexões invisíveis, minuciosos padrões revelam-se nesses estados contemplativos. Quase sempre constato que os misteriosos desaparecimentos de esposas e pepitas de ouro estão relacionados, e que os culpados geralmente acabam em Goiás, tentando recomeçar a vida com uma nova identidade.

Meus clientes não podem recorrer à polícia para solucionar suas questões, não somente devido às particularidades legais dos seus empreendimentos, mas sobretudo porque o único delegado da cidade, Roisson, homem frio e vil, que tanto em personalidade quanto em forma lembra um ovo bem cozido, tem por princípio que garantir a lei e a ordem resume-se a receber o seu cascalho todo dia 15, fazendo vista grossa para os caminhões com cargas evidentemente suspeitas que circulam pela BR-364.

Paradoxalmente, o descaso com a lei nessa cidade faz com que a fila no meu escritório só aumente, um bandido desconfiando do outro. Muitos são garimpeiros paranoicos, loucos após anos a fio inalando vapores de mercúrio, buscando explicações para desaparecimentos de bens reais ou imaginários, que mais de uma vez pagaram por meus serviços com dentes de ouro, e madeireiros curiosos em descobrir se seus informantes dentro dos órgãos de proteção ambiental estão com planos de enviar alguma diligência surpresa para incendiar seus equipamentos, a mando desses eco-fanáticos ou de outros madeireiros.

Trabalho, evidentemente, com muita discrição, para proteger não somente os meus clientes, mas a mim. Investigadores amadores nessa cidade acabam virando comida de formiga. Uma triste sina para a profissão. Mas tenho proteção, das boas, fiz meus contados na Urso Branco. Escrevi cartas para os presos, redigi processos, mandei muita gente de caráter duvidoso para o semiaberto por bom comportamento, bastando anexar os documentos certos. Tenho cultura e conheço o sistema. Saí de lá com uma memória afiada e uma caligrafia bastante ágil e flexível de tanto escrever resumos de *Dom Casmurro* para os presos que preferiam morrer a ler um livro (desconfio que diziam isso porque não sabiam ler). E agora gozo da proteção e benevolência do coronel reformado das forças armadas bolivianas e senhor da BR-364, Raúl Hernández, que também é meu fiador.

O trabalho costuma seguir por rincões inusitados. Meu sincretismo religioso, que mescla o cinismo paroquial, o xamanismo dos amigos do Maicon, e o fervor pentecostal carcerário, deu-me uma percepção esotérica daquilo que chamamos realidade, que não tem o mesmo significado nesse fim de mundo abandonado por Deus e pelas forças de segurança do Estado. Aqui, a diferença entre feitiço, intoxicação alimentar e homicídio pode ser um pouco mais tênue do que se imagina. Aprendi que os muitos casos de gente que desaparece no rio depois de uma bebedeira e aparece boiando em alguma rede ou agarrado à vegetação da margem, costumam ter envolvimento das forças do além. Foi o caso do Gleyson, que relato aqui como ilustração.

Gleyson, o sedutor

As chuvas em janeiro de 2009 tinham deixado boa parte da cidade submersa e fui obrigado a andar por pontes improvisadas até o meu escritório, além de pagar dois reais para um menino me atravessar para o outro lado da avenida em uma canoa. O trabalho de tirar a água da sala com baldes parecia interminável, até que desisti e coloquei as coisas de definitiva importância sobre caixas de cerveja. Foi em meio a esse cenário calamitoso que uma senhora de seus cinquenta anos, olhos bem azuis e cabelos louros platinados, adentrou meu escritório.

– Isso aqui até está me lembrando as chuvas de 92, comentou ela

Apontei para a linha de náilon que saía pela janela e ironizei:

– Estou conseguindo pescar e trabalhar ao mesmo tempo, acho que melhor não pode ficar. Diga-me, minha senhora, o que lhe aflige? Esse covil não costuma atrair as pessoas de alma apaziguada.

Depois de uma breve introdução, disse que seu marido, Gleyson, estava desaparecido. Tirou da bolsa uma foto: meia idade, careca, com bigodes finos, lenço no pescoço e uma barriga proeminente. Perfil de cafajeste clássico, daqueles em que o enterro gera empurra-empurra entre as viúvas.

Fora visto pela última vez há oito dias, tomando cerveja na beira do rio. Informação enigmática, pois na última semana tudo era rio. Se ela me dissesse que ele fora visto em uma rua, aí sim seria fácil, pois só a parte alta da avenida central se encontrava visível. Uma semana, ainda não era tempo de se esperar o pior. O homem poderia estar fazendo uma visita para sua segunda família em Porto Velho, arranjo comum por aqui.

Depois de acertamos um valor fixo, que evidentemente não incluía as despesas de custo, dei início às minhas investigações. Era sexta-feira, tive que cancelar o motel com a Marinalva e quase fui atingido por um grampeador tamanho grande. Com camisa do Vasco e boné dos Yankees, paguei o menino para me levar na sua canoa até o Mirante Restaurante, um flutuante, onde Gleyson havia sido visto pela última vez. Sentei-me e pedi o prato do dia: rabada com agrião. Tudo seria pago, evidentemente, pela contratante. Depois da refeição, dirigi-me a uma pequena ponte de madeira que ligava discretamente os fundos do restaurante a uma outra balsa, de dois andares. Era de conhecimento geral que o segundo andar abrigava um puteiro. Chegando ao topo da escada, deparei-me com o recepcionista, um rapaz magro e cheio de trejeitos, vestido com calça justa preta brilhante e camisa regata. Indicou-me uma mesa e advertiu:

– No momento não temos quartos disponíveis.

– Estou aqui para falar com Cristófones.

– Ele está ocupado.

– Ele vai querer falar comigo.

– Ele está ocupado para qualquer um.

– A menos que você queira procurar um novo emprego quando os rapazes do coronel Hernández incendiarem essa espelunca por venderem droga na área dele, sugiro fortemente que chame o Cristófones e de quebra coloque uma garrafa de uísque na minha mesa.

Aquele gole de uísque com sabor de chantagem teve um gosto especial. Não tardou muito para o cafetão aproximar-se da mesa. Corpulento, vestia uma camisa de viscose vermelho-sangue, com largas manchas de suor sob as axilas, e do seu pescoço caíam indefectíveis colares grossos de ouro maciço. Puxou uma cadeira e sentou-se à minha frente.

– Waldisney, meu velho amigo, que bom vê-lo novamente! Espero que esteja tudo bem com nosso querido Don Hernández.

Não quis prolongar a conversa. Estar perdendo meu precioso dia de motel com a Mari já era o bastante para me deixar de mau-humor. Mostrei a foto do Gleyson.

– Conhece?

Vi o sangue desaparecer do rosto daquele homem. Segurando firme com a mão esquerda o crucifixo que pendia do colar, fez o sinal da cruz e disse que não queria tocar naquele assunto. Vi que ali tinha coisa boa, pois não é sempre que um aliciador se benze na sua frente. Olhando fixo para ele, enchi meio copo com uísque e lhe entreguei. Mas um copo não foi o suficiente para o passarinho cantar. Bebemos quase meia garrafa em silêncio, olhando o rio. Não se pode ter pressa por essas bandas.

– Esse tal de Gleyson – começou finalmente – vinha aqui dia sim dia não. Sua menina preferida era a Shirley, uma manauara que passou uma temporada por aqui. Ela foi embora faz uns três dias, as meninas têm o contato dela se você quiser. Mas depois do que aconteceu semana passada duvido que ela queira falar disso.

– Vamos direto ao assunto, quero saber do Gleyson e não dessa tal de Shirley.

– Era um cliente bom, bebia bastante, não pendurava a conta, não dava problema. Um dia a Shirley veio falar comigo que não queria mais atender o cara, que ele era estranho, que quando gozava saía da sua boca um jato d'água que deixava ela toda molhada, mas do pau não saia nada, nem uma gota. Um tipo de fetiche estranho, parecia um vômito, só que sem cheiro.

– Que nojo! São esses degenerados que você recebe nesse muquifo?

– Só os degenerados pagam em dia. Tive que convencê-la a manter o cliente, o que só consegui quando aceitei cobrar um adicional por "esguicho", que dividiríamos meio a meio. Ao final, os dois se entenderam. Estava tudo certo até que na sexta passada o tal do Gleyson apareceu por aqui meio exaltado. Você se lembra que estava chovendo muito e que o rio já tinha ultrapassado a murada do porto?

– Sorte aqui ser uma balsa. Naquela sexta eu estava naquela espelunca do Éden e meus chinelos saíram boiando pela porta de tanta água que entrou no quarto.

– Naquela tarde parece que ele tomou quase duas garrafas de cachaça sozinho e pediu várias porções de peixe frito. Passaram a tarde toda trancados no quarto. Completamente embriagado, ele começou a insistir pra ela largar aquela vida e ir morar com ele, dizendo que iria deixar a mulher.

– Nada como um pervertido e uma prostituta forjando um relacionamento saudável.

– Shirley tem experiência e não cai nessa. Disfarçava, sorria, mas o cara foi ficando exaltado, pegou a coitada pelo braço e foi arrastando pra fora, pra beira do rio. Pulou na água de roupa e tudo, tentando arrastá-la com ele. Mas ela se agarrou em um dos pneus amarrados na beirada da balsa e começou a gritar. Foi uma correria danada, não sei como não juntou mais gente. Eu já tinha pegado o revólver que guardo no forro para lidar com esse tipo de cliente quando a menina começou a rezar em voz alta. Foi nessa hora que o Gleyson, que tinha se agarrado na perna dela, mergulhou de vez e desapareceu. Não sei se ficou preso no lodo do fundo ou se nadou até a outra margem para não pagar a conta. Mas o surpreendente é que quase na mesma hora em que ele desapareceu um boto acinzentado pulou de dentro d'água, rodeou a balsa por algum tempo e foi embora rio abaixo. Naquela mesma tarde Shirley juntou os trapos e saiu da cidade. Por causa desse tal de Gleyson perdi uma das minhas melhores meninas e fiquei com um prejuízo de quase 300 reais. E agora você chega aqui com a reclamação da mulher dele, dizendo que ele sumiu. Tudo se junta.

– Cristófones, eu tenho que encontrar um marido desaparecido e fazer um relatório para a sua senhora. Você quer que eu diga que o homem mergulhou no rio e nunca mais foi visto?

– Você pode dizer pra ela que ele virou o boto, esse é o seu trabalho, não o meu.

– Eu preciso de alguma materialidade, um corpo seria bom.

– Eu posso pegar o lenço que ele deixou no quarto da Shirley.

– Isso já seria alguma coisa. Aproveita e pega uma sacola para eu levar o final dessa garrafa.

Cristófones trouxe o lenço e um saco plástico. O caso continuava em aberto. O menino da canoa me esperava do lado de fora e por mais um trocado aceitou me levar até um acampamento de pesca ilegal rio abaixo. Algo me dizia que eu era o seu único cliente.

O acampamento, em uma clareira próxima à margem do rio, tinha cerca de seis redes penduradas e um gerador de porte médio. Rapazes armados vieram me receber, mas meia garrafa de uísque foi o suficiente para apaziguar os ânimos exaltados. Não demorou muito para me mostrarem orgulhosos tudo o que haviam ceifado da fauna naquela cheia do rio. Em meio a objetos de todo tipo, tartarugas e jacarés, estava a carcaça de um boto cinza. Amarrei o lenço no pescoço do defunto e tirei uma foto. Confesso que notei uma certa semelhança entre o boto e Gleyson.

Caso concluído. Cheguei a cogitar que tudo aquilo no flutuante não passara de uma encenação de Shirley e Gleyson para fugirem juntos e começarem uma nova vida em Anápolis. Mas me pareceu um plano desnecessariamente convoluto. Pra que fazer uma cena daquelas se os dois poderiam simplesmente pegar um ônibus na BR-364?

Preparei o relatório mais verossímil que pude, inserindo datas e horários fornecidos por Cristófones e citando casos do que se convém chamar de folclore local envolvendo o boto. Ao final, a foto do boto com o lenço. Enviei para a esposa, ou viúva, sei lá, e recebi como resposta um emoji de uma mão com o polegar levantado e o comprovante de PIX com meus honorários. Nada mais que isso, nem uma palavra, uma dúvida. Nada surpreende a gente dessa cidade. É claro que o interesse da esposa nesse desaparecimento não pode ser descartado, mas isso é problema da polícia, e não meu. Roisson que cuide da loura platinada.

Acreditem, esse foi só um exemplo de uma série de casos estranhos levados ao meu modesto escritório. Os outros eu conto depois. Hoje é sexta e Marinalva está me olhando da porta.*

* NOTA DOS AUTORES: capítulo inicial de livro em preparação

LUCAS LITRENTO

GATO SIAMÊS

O menino tangeu o gato que chegava mais perto porque tinha se assustado com a buzina do carro, depois foi tudo bem rápido, só percebi mirando o nada. Eu comia batata frita sentado num banco lá na praça Padre Cícero. Não era como ficar na rua jogando dominó com os outros velhos. Sempre que batia a canseira eu saía sem muita paciência e costumava andar um pouco, sem muito rumo, rua acima, rua abaixo, desse jeito. Às vezes ia na loteria só pra ver o tamanho da fila, passava pelo terreno ali nos campinhos só pra contar o número de urubus, entrava no mercadinho só pra rever os preços. Não era uma caminhada ou qualquer tipo de exercício, como faziam tantos outros da minha idade – dessas coisas não, sempre vi com malícia, sempre tirei onda: passar a vida toda de boemia pra depois bancar o atleta, onde já se viu? Meu negócio era com a rua mesmo, com o vento porque lá em casa é lado do sol depois do almoço e nada é melhor que a brisa da tarde. Quando as pernas começavam a reclamar, parava na praça e o meu banco me esperava, vazio. Talvez por ser o único quebrado, talvez pelo respeito dos mais jovens, sempre estava vago. A dor fina nas canelas me paralisava como ainda me paralisa e me deixava de um jeito como se eu parecesse uma estátua atenta, um leão de chácara. Passavam os meninos, as comadres, os carteiros, todos falavam comigo e até sentavam pra conversar, vez ou outra. Fábio chegou mas sem o dominó, ficou um pouquinho e depois foi atrás de cigarro, acho que foi Fábio sim. O menino veio segurando o gatinho com as duas mãos, era um siamês ainda filhote. Ele sempre andava de bicicleta nos campinhos, mas sem o gato. Foi quando eu comia batata frita, acabando o pacote e pensando em voltar pra casa, em passar na padaria, na verdade. Gelei quando vi o pedaço espatifado que o animal tinha se transformado. A Kombi o pegou de jeito. O garoto se culpou num berreiro só, ainda ouço. Pobrezinho. Foi juntando gente, quase cheguei perto pra confortar o menino, mas o choro era tão alto que lembrei de quando Fátima implorava por mais leite da mãe, não me mexi. Não consegui parar de olhar os restos do bicho. Não parecia aquele filhote gordinho, mas também parecia, era ele. Até os outros gatos começaram a chegar. Me dei conta do tempo, me senti estranho, incomodado, um luto diferente, mas doeu. Daí levantei, fui me afastando da mancha vermelha e dos ombros do moleque. Faz muito tempo que vi a morte do bichinho, mas lembrar é sempre um trabalho doloroso.

Doutor Sílvio disse que eu deveria Doutor Fábio disse que eu deveria exercitar a memória escrevendo ou até gravando áudios no celular. Nunca fui dos diários, era costume das meninas. Anotávamos as regras dos joguinhos, as voltas dos carros e o jeito que o nosso pai falava pra depois imitá-lo. Lembro das tardes com meu irmão Luís, roubávamos os caderninhos da Patrícia. Eram delicados e quebradiços como ela, a capa sempre dobrada, mas por dentro, como era mesmo? Por dentro era a letra mais bonita que já rasurei. Eu pegava o caderno da prima e desenhava em cima, rasgando as folhas, até porque ela ainda estava aprendendo e mesmo assim a letra bonita, eu tinha inveja? Nunca fui disso, mas não reclamo, sigo as recomendações do Doutor. Fisioterapia, piscinas geladas, doses de mel, nada disso serve pra memória fraca, mas ele passou o que tem que passar, é simples. O problema é que nesse meu estado não adianta escrever muito, mas continuo. Escreva sobre coisas que marcaram o senhor, ele disse. Que marcaram profundamente. Agora lembro do menino franzino que jogou um pedacinho de batata frita pra um gato malhado na praça do meu antigo bairro. Esse menino vivia de arrodear a praça atrás de fazer arte. Parecia o líder de um dos grupinhos que costumava rondar o quarteirão. Eu não era de sentar por lá todos os dias, mas sei gravar um rosto. Nesse dia, ele comia batata frita enquanto jogava pedras nos limites da praça. Foi chegando, chegando até que viu o gato. Era um animal muito magro, claramente de rua. E daqueles que pareciam marinheiros de primeira viagem — abandonados pelos donos ou recém fugitivos. Nunca entendemos a alma dos outros, eles têm tudo: uma caixa de areia perto do banheiro de visitas, ração de qualidade, de todos os sabores, eles têm até banho, mas o desejo de se desgarrar parece ser maior, é estranho. Não sei o que dá nesses gatos. Sempre pensei nisso. Pois ele correu pra pegar o agrado do menino e quase pude ver um sorriso logo abaixo do seu bigode. Atravessou a rua, comeu o petisco como quem faz a primeira refeição do dia e foi atropelado por um ônibus enquanto voltava pra escuridão do campo de areia. Virou um vermelho. Disso não esqueço, disso não misturo: o fio de sangue que brotava do corpo amassado do bicho foi criando uma poça. Chegaram curiosos, o menino riu e disse que não era nada com ele, alguém fez menção ao nome do gato,

Apolo, buzinas pedindo a vez, a poça era um espelho no meio da pista, mas o menino não tinha culpa de nada, foi um acidente, mas por que lembrei desse dia mesmo? Bom, como o doutor disse, o importante é escrever – exercitar. Entender já são outros quinhentos.

Minha filha escreveu. A primeira notícia depois de meses, imaginei tanta coisa que nem vale colocar, sei bem como você é fatalista. Diz que tudo corre bem em Buenos Aires, foi uma adaptação tranquila, apesar do clima. Ela pequenininha costumava sofrer em junho, lembra? Quando a chuva aparecia e ela sentia frio. Frio aqui nesse inferno de cidade? Os pulmões da nossa filha lidando com o sul do sul. Fico feliz pela mudança, mesmo sentindo que eles só esperaram minha internação. É meio cruel pensar nisso, é o que sinto. E o Seu Luís, o psicólogo, disse que no papel eu gravasse toda a minha verdade. Hoje é mais fácil, assim nos finalmentes. O que adianta ficar remoendo coisa que deixei de fazer se não vou ter tempo de consertar? O que importa é que todos os meus estão bem. Com saúde, dispostos, estudando, trabalhando, correndo pela rua, andando nas praças, fazendo o que já fiz. Os planos são de escrever até esgotar a tinta dessa caneta, por isso a idiotice de me explicar pra você. A não ser que essas enfermeiras leiam minhas cartas enquanto limpam o pouco que sujo, vai ver também os doutores se divirtam. Então, o que mais vocês querem? A história da minha vida, do início ao fim, contando tudo que fiz de mais vergonhoso até chegar aqui nessa sucata, não é? Terapia. Ela diz que todos estão bem, menos a Patrícia. Sandra conta que houve um acidente e depois disso a princesinha nunca mais foi a mesma. Vive pelos cantos do apartamento, acuada de todos, sozinha no aprisionamento do seu quarto, sem notícias dos amigos da escola, dos antigos amores, dos netinhos distantes, até do carteiro que batia papo comigo no primeiro mês que cheguei, alheio ao mundo. O gatinho dela foi atropelado. O animal que deu boas-vindas pra família de alagoanos em Buenos Aires. No telefonema que fizeram ao chegar na cidade, lembro que foi a pequenininha quem contou a história de como o gato os guiou pelo pátio do edifício. Na carta, Sandra diz por alto como foi que aconteceu a tragédia, pobre animal. Curioso que agora, recordando a leitura, a imagem fica tão visível, como se eu fosse um dos velhinhos a passar um tempo conversando na praça, um gaúcho vendo sangue fresco escorrendo no chão de pedras antigas. Pena que perdi a carta, as incompetentes não conseguiram achar, acredita? Isso tudo me faz pensar se voltei, de alguma forma, àquele amor infantil pelos causos que ouvia de viés, ou se é natural ficar assim mais emotivo perto da hora. Que ninguém possa ler essas tolices, ouviram? Nem eu, havendo outro.

Amanhã visitarei uma casa de repouso pela primeira vez, é assim que chamam agora. Mudar o nome das coisas não adianta muito, a gente sabe o que é de verdade. Essa fica no interior, mas pelo menos é aqui perto. Não ouvi o veredito da doutora Sandra, nem de qualquer outro médico que me acompanha, mas confio nos meus filhos, em todos eles. Depois de tanto negar, aceitei o diagnóstico. Patrícia, meu amor, desde que comecei a escrever nas sobras do seu último diário os dias se tornaram um pouco mais leves. Hoje não é um dia desses. Silvio disse que não aceitam animais, mas levarei o Apolo. Ele é meu único companheiro, é quem me entende e aceita minhas limitações. Somos inseparáveis desde aquele dia na praça, não é agora que vão nos desgarrar. Vou bater o pé, reforçar que só fico se ele me acompanhar, fingir que ainda decido as coisas. Não me imagino sem esse gato. Depois da sua ida, ele só tinha a minha presença. Quando eu andava sozinho levava ele junto. As pessoas já falavam de longe, olha o velhinho e o gatinho, o bichinho do velhinho, ô bichinho, bichinho. Pois é, essa pena que eles têm da gente não me desce, é tudo falso. Saíamos quando o sol baixava, os meninos passavam e conversavam um pouco comigo, todo mundo do bairro sabe, sou O viúvo, o principal, o mais famoso. Talvez porque essa coisa de viver andando, sóbrio, não como os outros desocupados, mas só caminhando mesmo, feito um herdeiro ou personagem de livro antigo, acho que isso chama a atenção deles. Sempre fui benquisto e escrevo pra também lembrar disso. Tem dias que acordo me sentindo um peso morto, uma doença hereditária, um coitado que anda pela rua, um doido. Esse diário tem páginas de vidro e preciso tomar cuidado, mas a doutora está certa. Sem pensar muito no futuro, nem em quem vai ler isso aqui, escreva pra você, antes de tudo, ela vivia dizendo. Invento de conversar como se do outro lado tivesse um diário igual a esse sendo lido por você, Patrícia. Apesar de fugir desse dia, a imagem do atropelamento sempre vem. O carro desgovernado e eu sem conseguir tirá-lo do caminho. Quantas vezes recusei o momento, mas não adianta, sempre escuto o grunhido e o burburinho do povo correndo, a freada. Encaro Apolo, seus olhos continuam intactos, o pelo parece tão vivo, essa pose petrificada é o que me protege antes dos sonhos, preciso levá-lo. É isso, meu amor, não se curve às histórias do Silvio. É uma casa de repouso, o nome já diz, por que o gato não pode descansar também? Não aceitam animais, muito menos os mortos.

Estou aqui há dois meses e ninguém me visitou. Ou já são dois anos? Essas paredes me deixam tão confuso ao ponto de odiar escrever minhas cartas, as cartas que tanto escrevo desde moleque. Parece que nasci nesse quarto, que não existe nada fora daqui e não há mais juventude.

Mais cedo, o Sérgio, meu cuidador, subiu as escadas e me entregou um envelope verde. Logo respondi que era engano, se nesse tempo todo ninguém me visitou por que logo agora eu receberia uma carta? Mas ele mostrou meu nome como destinatário. Era uma letra ágil, bonita, letra de homem apressado, quase ilegível, do jeito que eu costumava escrever. Agora minhas cartas não têm destino além da gaveta, escrevo por falta do que fazer, embora os doutores tenham recomendado. Ele me entregou o envelope e esperou no quarto por um momento. Por aqui todos sabem tudo, mas não dei a ele esse gosto, relutei com o silêncio e ele foi embora. É de um tal Luís que diz me conhecer. Nunca fui de ter muitos amigos, mas quando jovem, no interior, brincávamos aos montes na fazenda do Seu Fábio, lá em Messias. E se não me engano, um Luiz com Z fazia parte, um sujeito meio gordinho, de sempre falar alto. Esse era com S. Segundo ele, salvei o seu gato de um atropelamento, há muitos anos, numa praça lá no Benedito, onde eu costumava tomar uma com os outros aposentados. Outros tempos, da rotina de quando virei mais um viúvo. Embora quando Sandra ainda vivia, vez em quando eu saía de casa pra voltar dias depois. As reclamações dela e das meninas sempre venciam minhas desculpas, mas o que mais eu poderia fazer se não entendiam minhas pernas? Precisava caminhar sem rumo, às vezes esse era o caminho. Nessas idas à praça não lembro de nenhum ato heroico. Pelo contrário, o que tanto vi por ali, de assalto estava cheio. A polícia, quando aparecia e fingia trabalho, pegava um ou dois pra cristo, fiquei até com pena de um marginal uma vez, apesar dos pesares, era só um menino, uma criança que não parava de gritar um choro tristíssimo. Diziam que tinha muito rato vindo dos entulhos, mas nunca fiquei até a hora que saíam. Não gosto de gatos, mas não ao ponto de esquecer que salvei um. Estranho. Ele continua o texto dizendo que Apolo, esse era o nome do animal, viveu incríveis vinte anos até a última terça e esse era o motivo da escrita, um grande agradecimento, mas não mencionava visita em momento algum. O rapaz é da capital, nem mora longe. Isso já não é estranho. Lembrar pra mais tarde: gatos vivem tanto tempo assim? Não lembro de ter salvo a vida desse Apolo, esse Luís me é familiar.

Matei meu gato. Sim. Não dava mais. Precisei. Segui com a vida. Arrependido? Nunca desde o dia. É. Não é fácil. Agora pago o preço. Louco. Taxado de louco. Eu que um dia tive nome. Famoso. Na rua era o boêmio. Sentavam no meu colo. Riam. Desprezavam minha família. Só eu. Quase nome de rua. Talvez depois de morto. Já e breve. De rua clandestina. Agora aqui. Me jogaram. Só por um gato. Coisa besta. Não dava mais. Me acordava. Pedia comida. Eu dava. Chorava.

Pedia atenção. Eu dava. Queria meu braço. Deixei. Seguia minha sombra. Era minha sombra. Às vezes eu confundia. Meus cabelos brancos. Pelos do gato. Confundiam minha voz com miado. Fui me abusando. Não tinha outro jeito. Voltava do trabalho. Ele no portão. Na nossa cama. Parei de usar perfume. Só cheiro de areia. A filha pegou na esquina. Sandra. Difícil pensar em desfazer. Fui mantendo. Por um tempo me deixava respirar. Pior que era bonito. Siamês. O rabo pela metade. Talvez por isso tanto tempo. Em casa gostam de uma pena. Menos pra mim. O louco. Pior que isso é normal. Sempre tem um que joga bola. Foi como matar um mosquito gordo. Nunca mais meu braço. Não me arrependo. Eles que deveriam. Perder o pai. O marido. O avô. Sem sentido. O resto da casa na praça. Correndo. Eu sozinho em casa. Vendo filme. Chega o gato. Afasto. Ele abusa. Dou comida. Ele come e volta. Empurro. Ele avança e monta. Se prepara. Cresço e ele desiste do ataque. Corre e bate na tomada. A tv desliga. Respiro fundo. O filme na metade. Ele some quando levanto. Ainda penso em religar. Desisto. Vou pro quarto. Deito. A cama cheia de pelos. Cheiro de areia. Dá vontade de deitar na areia. Sentir o áspero. Fazer parte. Vou pro quintal descalço. Sento no chão. Fumo. Nada do gato. Todos fora de casa. Volto pra sala. Um vaso quebrado. Foi ele de novo. O vaso da minha mãe. Odiava aquele vazo. Ele não tinha o direito. Era minha tarefa. Corro atrás dele. Não finjo carinho. Chamo gritando. Nada. No quarto não estava. Pra sala não voltou. A caixinha sem areia. Na cozinha só bagunça. Dou umas três voltas. Na casa toda. Nada do miserável. Já sabe. Acho que gato prevê. Sento. Desisto de procurar. Tomo água. Uns dois copos. Escuto um barulho no quintal. Corro pra abrir a porta. Ligo a tv. Volto a sentar na cadeira. O miserável reaparece. Não desisti. Ele passa nos cacos do vaso. Rasteirando. Vai até a tigela tomar água. Pus a água toda. Foi coisa de dez minutos. Chegaram. Eu vendo tv. Começaram a chorar. Estou livre. Grito. Livre dele. Livre.

Até hoje não entendo. Só posso ter me enganado. Não é possível que eu tenha visto um absurdo desses, isso nem existe, enfim. No bar em frente à praça, fim de tarde e todo mundo por lá, os desocupados. Nesse dia não encostei no copo, o ácido úrico atacava desde cedo, então fiquei assim meio que prestando atenção nas histórias dos outros e vi que vários gatos brincavam na praça. Antes, iam atrás de comida, próximos ao amontoado de lixo que crescia mais a cada hora. Corriam quando um urubu dava um rasante, era uma imagem estranha, gatos e urubus disputando restos. Não sou muito de reparar, mas nessas horas quando eu ficava quieto no bar, sem beber, só ouvindo mentiras, tudo passava mais lento. Val contava sobre o dia em que um carteiro pediu uma cerveja bem gelada, jogando a bolsa em cima da mesa e virando uns três copos. Eles conversaram, o carteiro cheio de causos sobre mulheres. Depois foi embora. Nem pagou as cervejas porque cada homem casou uma. Saiu bambeando, se errando todo. Quando chegou a carta, não li. Já sabia que era o aval, minha família já esperava. Tem sido um jeito de me enterrar vivo, aqui nesse asilo, nesse sanatório, casa de loucos, esse manicômio, apesar de usarem um nome bonitinho. Vê só, doutor Cícero, a raiva que jogo nesse caderno. Disseram que foi a gota d'água, outra mentira. Por ser siamês, era o que mais se destacava, mas também pelo seu rabo partido. Era uma espécie de líder, dava pra ver, era ele quem tangia os urubus e quem dividia os pedaços de pipoca que tiravam do lixo. Uns meninos passavam jogando pedras. O tempo foi passando, o Vinha começou uma história sobre a mulher do gerente do posto de gasolina e eu mirando o bicho. Uma coisa havia mudado. Ele não corria mais, os outros chegavam perto, lambiam, meio que chamavam e ele não dava atenção. Não tinha nada diferente, os carros passavam como sempre e a praça com o pessoal de costume, mas o gato continuava olhando como se algo muito forte o chamasse. Vez ou outra desviava o olhar para os outros gatos, mas aí parou, só existia a pista. Levantei da cadeira e atravessei a rua, sentei no banco e fiquei observando. Uma mulher correndo cruzou os gatos e todos se debandaram, menos o siamês. Ele olhou pra esquina e viu que um ônibus se aproximava devagar, cheio de gente indo pra casa. Ele se preparou, como um felino montado pro impulso, e correu pro meio da pista dando uns pulinhos de alegria. Pareciam sim, pulos de alegria, como se naquele momento ele se libertasse. O motorista nem viu.

JULIANA OTONI

IVAN MULHER

Na última foto antes de morrer, ele encosta delicadamente a mão no queixo. A cabeça deixa ver a calvície que sempre escondeu sob os turbantes. O olhar mira um pouco abaixo do fotógrafo, parece ir mais longe, além do terreiro onde as galinhas bicam pequenos insetos e o mato fecha a paisagem. A cadeira imita vime natural, mas é de plástico trançado. O colorido da almofada de chita contrasta com as três listras do short esportivo. A bengala aparece escorada na parede sem pintura e é de madeira marrom, a pequena cruz franciscana do cordão e as contas do terço também são.

Quando adoeceu e passou a depender dos outros, Ivan teve as roupas e os documentos tomados pelas irmãs adotivas. Desde então, veste o que mandam. Na foto, a camiseta verde de malha traz um círculo branco onde se lê numa língua que ele não entende:

UMN
Exclusivo Marca Tradicional de Roupas Masculinas

Com o agravamento da doença, as irmãs só deixavam Ivan ter duas coisas: um caderno de recortes onde colava fotos e lembranças, e o quarto onde ninguém entrava. No cômodo apertado, ele tinha seu lugar favorito: uma parede inteira coberta de brincos sem par. Pequenos círculos prateados, gotas douradas e contas coloridas pendem dos pregos finos dispostos sem critério ao lado esquerdo da cama. Quando a luz da manhã bate no quarto, os brincos refletem o brilho de cada pedrinha falsa. Ivan às vezes espera a luz chegar, fecha os olhos e gira o corpo segurando os bolsos dos shorts de nylon. Da boca, sai o fiapo de uma marchinha de carnaval. Depois, uma prece.

*

A mãe disse que não pode rir. Vó Duca saiu para a cozinha com o tabuleiro na mão, ficamos eu e Ivan. As mãos pequenas estavam postas na altura das coxas, o saião branco parecia tomar conta da sala inteira. O quadro enorme com a foto do Papa João Paulo II ficou apagado por aquela presença.

Todas as férias, quando eu chegava, a vó contava a mesma história. Perguntava se eu sabia por que o Papa usava sapatos vermelhos. Eu fazia que não com a cabeça, ela contava que os sapatos vermelhos simbolizavam o sangue de todos aqueles que morreram por Jesus.

Naquele dia, eu queria mesmo era saber porque Ivan sempre estava com um pano amarrado na cabeça. Queria ver seus cabelos. Vó Duca falava que não existiam cabelos, por isso o pano. Saia armada, turbante branco impecável. Eu conseguia ver os cabelos das freiras do colégio em que estudava, era muito difícil e era pecado, mas Ivan não me dava corda. Quanto mais eu olhava, mais ele sustentava o olhar. Quanto mais eu perguntava, menos ele respondia.

Depois de um tempo de vida, as pessoas começam a querer lembrar com exatidão do passado. Antes, ficam ocupadas em fantasiar o futuro. Assim que percebem que ele não existe como pensavam, olham para trás em busca do que realmente aconteceu. Além da lembrança, buscam provas: fotos, cartas, recibos, mapas. Foi assim que comecei a anotar tudo que lembrava sobre Ivan Mulher.

Quando pequena, a coisa que eu mais gostava de fazer era perguntar. A criança que pergunta muito é deixada em paz quando resolve não perguntar nada. Descobri isso cedo, perguntava até cansar e depois ia fazer silêncio longe dos outros.

*

Ali, pela primeira vez sozinha com Ivan, quase não consegui perguntar. Tinha medo da voz. Era grave e daquela boca não saía música alegre. Toda vez que morria alguém, Ivan aparecia. Rezava na sala perto do morto, puxava os cantos, conduzia a ladainha. Só ia embora no fim. As roupas muito brancas e as saias rodadas sempre perto do caixão. Nos pés, um chinelo que imitava havaianas, o cabedal cheio de pérolas desbotadas.

Depois que cresci, a voz de Ivan chegava aos meus ouvidos em diferentes momentos da vida, as frases soltas da ladainha feito as contas de um terço rompido. Depois de muito tempo sem lembrar dele, uma prece veio até mim em um momento difícil, então fui tentando buscar as outras e juntá-las em um nó forte.

Percebia que ele aparecia sempre em dia de velório. De repente, a voz séria invadia a casa dizendo a ladainha e os cantos que acompanhavam os mortos para fora da vida. *Dai vossa paz a todos os falecidos. Ouvi-nos, Senhor.*

Bastava um morto para irem buscar Ivan. Os enterros eram anunciados por um carro de som que rodava todos os bairros, do alto da Matriz à Baixada do Lixo. A mensagem era sempre a mesma, só mudava o nome e apelido do falecido:

Nota de falecimento. Anunciamos o falecimento de José Antônio Guedes, o Zé Dentão do Posto da Reta. O enterro será no dia nove de março no Cemitério da Rua Nova, às 11h. A família enlutada agradece antecipadamente as manifestações de carinho e solidariedade.

*

Ivan chegou à cidade aos treze anos. Veio de Nova Módica. Um ano antes, seu pai havia abandonado a família. A mãe morreu em seguida, de pneumonia. Como a família era feita de três pessoas, Ivan ficou sozinho e passou a frequentar uma igreja evangélica do bairro. Seu jeito delicado chamou a atenção dos fiéis e um dia ele foi agredido no fim de um culto. Depois vieram as ameaças e o canivete no bolso.

Uma noite, voltando do rio onde lavava roupas, encontrou um jovem da igreja. O rapaz saltou da carroça, tirou a faca do short e correu até Ivan. Quando sentiu que ia morrer, Ivan sacou o canivete e furou o pescoço do moço com quem havia trocado não mais que três palavras. *Pai, sede misericordioso para com todos os vossos filhos que chamastes deste mundo.*

Sozinho e com medo, Ivan fugiu e procurou abrigo na igreja matriz da nova cidade. Lá, ofereceu aos padres o que sabia fazer de melhor: lavar, passar e engomar roupas.

Todo ano que voltava para as férias, eu procurava Ivan. Pela rua, na igreja, e torcia para que ninguém morresse, porque não queria sua presença trazida pela desgraça. Buscava também os registros do carnaval passado. As informações vinham, principalmente, dos retratos do Bené Fotógrafo, das notícias do jornal de Duílio e da fofoca das beatas.

Meu pai gostava de falar as coisas que deixavam as pessoas constrangidas, e dizia que Ivan era respeitado pela cidade apenas em dois momentos: na morte e no carnaval. Como eu não ia para a cidade dos meus avós no carnaval, não acompanhava Ivan virar Elena. Ele costurava as próprias fantasias, ganhava alguns centímetros andando em cima de um par de tamancos dourados, outros centímetros com os adereços de cabeça. Chegou a ir ao Rio de Janeiro comprar lixo de barracão de escola de samba para usar nas fantasias. Unhas vermelhas nos pés, turbante dourado na cabeça. *Jesus, orna nosso pobre corpo semelhante ao seu corpo glorioso.*

A Pastoral da Esperança – grupo da igreja responsável pela ladainha nos velórios – entrava em recesso durante o carnaval, porque sem Ivan não tinha reza. O turbante e a saia eram restos, pedaços de fantasia de santo, parte de roupa de alguma madame que pagou pelos serviços de Ivan com despojos. Eu sabia, pela boca das minhas tias, que Ivan havia trabalhado como empregado doméstico nas casas das pessoas mais ricas da cidade. Nas mais festeiras, Ivan terminava o expediente depois das dez da noite, muitas vezes tendo jantado só biscoito de polvilho. *Senhor, acolhei todos os nossos falecidos no banquete de vosso reino.*

*

Ivan Mulher foi o nome dado pela cidade que não sabia como chamá-lo. Não aceitavam que se chamasse apenas Ivan porque usava saia. Não permitiram um nome feminino com aquela voz. As amigas mais próximas diziam que Ivan gostava de ser chamado de Ivan e que não se sentia mulher. Se sentia Ivan. *Senhor, recorda-se de nós, para que nos ajudem a não nos esquecermos jamais de ti.*

Blusão de cetim rosa forte, bermuda florida, colar de contas e turbante de crochê. Na caneca de plástico, a cervejinha Glacial. Em cima da toalha de mesa, o saquinho de amendoim torrado. Uma outra tampinha de garrafa mostra que aquela não é a primeira cerveja do dia. Atrás de Ivan, uma geladeira Consul azul turquesa, toda descascada. Em cima dela, em vez de um pinguim, há uma coruja de porcelana rodeada pelos filhotes. A peça também está carcomida, mas a família de pássaros segue ali, junta. A fotografia mostra o capricho com que Ivan areava as vasilhas da casa, todas brilhando no claro da cozinha. Ivan gostava de luz, de janelas abertas. *Senhor onipotente, tire-os das trevas. Abra-lhes os olhos e os ouvidos.*

Em todos os velórios lá de casa, algum tio sempre ficava incomodado com a vinda de Ivan. Em meio ao luto, algum homem sentia que a presença dele era mais indigna que a da morte. O volume das saias, a estranheza do turbante e o tilintar dos colares afrontavam as mesmas pessoas que aplaudiam sua transformação em mais babados e cetim no carnaval. *Senhor, cubra os mortos com seu divino manto.*

– É pelas crianças né, mãe. É mau exemplo...

– Ninguém ensina ninguém a ser nada. Olhando os outros, a gente só aprende que pode ser o que se é.

Minha avó logo encerrava a questão com a frase que todo mundo já conhecia porque ela usava em muitas ocasiões.

*

Quando fiquei adolescente, alguns anos passaram sem que ninguém morresse na família. Na saída da missa de domingo, eu via Ivan descendo devagar as escadarias da igreja matriz. Nessa época, eu estava apaixonada por um primo de segundo grau e o namoro consistia em andar pela cidade no carro dele, um Gol GT cor vinho, em silêncio. Nunca dava para escolher o CD que tocava, ele sempre colocava um disco do Ira! ou outro dos Engenheiros do Hawaii, então eu aproveitava os passeios para ver a casa de Ivan, pois a rua em que ele morava fazia parte do itinerário repetido de todas as noites.

Nós dois não conversávamos, ele era mais velho e estudava medicina. Eu pensava que ele devia achar meus assuntos bobos. Vez ou outra descíamos do carro para comer hambúrguer no Trailer do Max, ele pedia sempre a mesma coisa e dizia ao chapeiro, meio com raiva: sem banana. O namoro acabou quando, no meio do ano letivo, ele me mandou um e-mail com um poema do Shakespeare e eu sabia que não era do Shakespeare.

Durante os anos sem mortes em casa, vi Ivan em dois velórios, ambos na rua da Vó Duca. Dona Neli, nossa vizinha da direita, morreu demente, achando que a nora era uma das amantes do marido falecido. Os netos corriam pelo quintal enquanto ela xingava as crianças de bastardos. A mulher do filho recebia pequenos beliscões à mesa. E algumas cusparadas.

Dôra, dona da loja de roupas da cidade, morreu de AVC e era amiga de Ivan. Ele parecia cansado nesse dia e errou algumas vezes a ordem das orações. Antes que eu perguntasse, minha mãe me puxou de lado e contou que Ivan estava sofrendo a morte de alguém querido, não só cumprindo um dever.

*

A outra foto mostra Ivan – Elena – com o vestido amarelo e os babados de filó no colo, mangas, barra e turbante. A sombra verde vai do começo da pálpebra até a sobrancelha. Batom e unhas vermelhas nos pés. Arabescos de paetês dourados subindo pela roupa. O gesto da mão direita deduz uma semidança. Outras mãos aparecem na fotografia, elas saúdam Elena. Atrás, as crianças olham sem empolgação a figura brilhante que cruza a avenida.

Quando adoeceu, já idoso, Ivan foi recusado no asilo da cidade. *Uma pessoa difícil*, disse a diretora, alguém que, ainda criança, teve as roupas engomadas por ele para a primeira comunhão e a crisma. Sobraram as irmãs adotivas.

Ao chegar de Nova Módica ainda adolescente, Ivan encontrou uma senhora perto da cachoeira do Civico. Ela lembrava sua mãe. Ao contar sua história e ser reconhecido por conta dos trabalhos na casa paroquial, Ivan se aproximou daquela família e foi acolhido. A adoção veio pouco tempo depois. A mãe e a avó adotivas morreram quando ele já era adulto, as irmãs mantiveram o convívio sem concordarem com o jeito dele. Em casa, começaram a impor regras que impediam Ivan ser Ivan. Aos poucos proibiram os enfeites nos cômodos, as rosas que ele gostava de plantar e nunca colher. Conforme aumentava a fragilidade de Ivan, as roupas coloridas iam sumindo das gavetas. *Jesus, abre para os mortos, de par em par, as janelas da felicidade da tua casa.*

As fotos e lembranças de Ivan vão chegando pelo WhatsApp, principalmente vindas das sobrinhas e de uma amiga da Pastoral da Esperança. Ao juntar tudo que sei sobre ele, tenho de novo as preces comigo. Agora posso tê-las sem que seja velório ou carnaval.

Na pequena cidade, poucas pessoas se lembram de Ivan. Uma amiga do grupo de oração, o dono do bar onde ele gostava de comer joelho de porco, o velho jornalista com os recortes de jornal que não empresta e nem tira da pasta. Na pracinha do Coreto, jovens usando camisetas largas e sem cor olham fixamente para os celulares, ignorantes sobre a cidade, o carnaval, o hábito antigo de velar os mortos em casa ouvindo a ladainha que acompanhava as almas até o céu. Não quero rezar a ladainha de Ivan. As frases me acompanharam até aqui e vão servir para outra coisa. Elas vão contar a história. *Dá-lhes, Senhor, a alegria da vida que não termina*

*

No verso da foto, uma letra firme e pequena aparece escrita na cor azul:

Querido Ivan, envio esta lembrança do carnaval de 83. Você estava esplêndida como sempre.
De sua amiga, Dôra de Chafi

Vai Ivan...
Vai ... Elena
Vai meu Tia...
Vai alegrar o Céu, vai encontrar com Vó e Vô.
Você ensinou muitas coisas aqui na terra, ensinou que independente de Homem ou Mulher o que realmente importa é o coração.
Obrigada pelo Cuidado, Amor e Carinho.
Obrigada por ser exatamente como era, em um segundo um amor de pessoa, em outro segundo um purgante, cabeça dura e pirracenta.
Brilha Tia, Brilha Ivan, Brilha Elena... Muito Obrigada.

(Postagem de Facebook feita pela sobrinha de Ivan, Verônica, por ocasião da morte do tio, no dia 25/01/2022. O texto e a foto estão na página *A cidade e sua Memória*. A postagem teve uma curtida).

ALINE FRAZÃO

BORBOLETAS COM ÓLEOS NAS ÁSIAS*

De Luanda trazia o cansaço acumulado das noites passadas em branco durante a estadia no apartamento dos pais. As madrugadas de dezembro fizeram-se intermináveis. O passado tem cheiro de chuva antes de chover. A condensação iminente, o porão inundado, a oxidação das estruturas de ferro dentro do betão, a dor dos ossos a encolher no interior da carne, o corpo que se faz pequeno de novo, a estante dos livros que se afasta da mão, o disparo das gotas no plástico chinês da bacia, o relógio em vigília, a parede que vai mudando de cor e um céu de manchas em movimento afugenta o sono para fora da casa quieta. Será uma abelha? Será a cara do avô? Uma AK-47? Será o Planalto Central?

Localizado no sexto andar de um edifício colonial, o apartamento parecia suspenso sobre a pele quente da capital, como se caminho algum pudesse evitar aquela rotunda. A família de Irina mudara-se para Luanda nos anos 90, fugindo da guerra que apertava no sul do país. O pai, a mãe, o Kassule, a Avó Cândida e o Avô Humberto, arrumaram às pressas as imbambas indispensáveis e embarcaram num sobrelotado Antonov 26. Irina tinha cinco anos e o Huambo ficava para trás, junto com a lavra da avó nas traseiras da casa, a frescura das manhãs, junto com o corpo enterrado do tio e a lucidez do avô Humberto.

Naquele dezembro, o acordo tinha ficado claro. Irina aceitava passar o Natal em Luanda, mas não o Ano Novo. Aceitava ficar na casa dos pais, mas desde que pudesse continuar a trabalhar na sua tese de doutoramento. Em vão, abriu todos os dias o computador portátil na mesa da sala de jantar aproveitando a casa vazia. Era impossível se concentrar. Esta cidade acorda antes dos bichos, reclamava. Não deixa de ser irónico, dizia a mãe, estares a escrever uma tese sobre "Os Im-

---

* Respeitaremos sempre que relevante a ortografia utilizada pela autora ou autor nas variantes não brasileiras do português.

pactos do Ruído Urbano na Qualidade do Sono dos Luandenses" e a própria cidade não to permitir, como se estivesse ofendida.

Irina era incapaz de dormir nos aviões e a viagem desde Luanda tinha sido demasiado longa. De volta ao seu apartamento, espalhou o corpo sobre o soalho de madeira, as pernas buscando caminho entre as roupas frias recém tiradas da mala. Irina fechou os olhos e adormeceu ao som intermitente do aquecimento central a arrancar. Na manhã seguinte, abriu as janelas e arejou o apartamento, como lhe ensinaram os colegas alemães. Tomou o seu café aguado e sentou-se na pequena mesa da cozinha, junto à janela. Dali via-se a árvore cadavérica do quintal partilhado do prédio, onde se acumulavam duas filas de baldes do lixo, cada um da sua cor. Que sofisticados, os europeus. Ainda há poucos dias via aquele homem com metade do seu corpo enfiada dentro do contentor do lixo, apoiado pela magra cintura, as pernas suspensas dentro das calças largas, havaianas da cor dos pés cinzentos, vasculhando no fundo do grande depósito de ferro por algo pra comer, ou pra vender, ali mesmo em frente à entrada do prédio dos pais, o coração de Luanda, e ela imóvel no passeio da rua, olhando aquela cena com o espanto de uma estrangeira, enquanto a mãe lhe chamava com os sacos das compras nas mãos já vermelhas, e o homem se balançava do outro lado da rua, mais um pouco, um último impulso, para depois voltar ao chão, muito devagar, revelando primeiro a camisa castanha desabotoada, o peito estreito de ossos, Irina!, os ombros fortes e os braços negros arranhados, as mãos segurando uma coisa qualquer para aonde olhava com dois olhos idos, um nariz e uma boca cobertos por uma máscara azul dessas dos dentistas.

Podia jurar que a árvore erguida no centro do pátio estava morta. Olhou de novo o sol de inverno sobre os telhados. Era estranho e doce o sabor da previsibilidade, de um universo hermeticamente ordenado entre causa e efeito, sem inesperados olás, sem surpresas. Irina sentou-se à escrivaninha no seu quarto para retomar o trabalho depois da interrupção dos últimos dias. Meteu os fones sem fio, um em cada ouvido, com white noise em loop. Escreveu, escreveu, e perdeu-se do tempo até que uma pontada aguda na cervical a trouxe de volta ao quarto. Voltou à cozinha, serviu um copo de água e sentou-se outra vez à janela. Já só via o seu próprio reflexo, reparando que levava os fones ainda postos, um em cada ouvido, com white noise em loop. Quando voltou ao quarto e se deitou na cama para descansar as costas, removeu os auriculares e pousou-os na mesinha de cabeceira, feito dois peões derrotados. Fechou os olhos procurando silêncio mas encontrou outra coisa, talvez um daqueles barulhinhos domésticos, a máquina de lavar do vizinho a centrifugar, o som do motor da geleira atravessando as paredes em direção ao seu ouvido esquerdo, não, deve ser um carro acelerando sobre as pedras da rua principal, não, uma lâmpada, será, mas que raio é este barulho? Sentada na cama, Irina girou a cabeça de um lado para o outro. Ouvia aquela vibração muito miúda apenas no ouvido esquerdo. Desorientada, voltou à cozinha para ver se o zunido vinha de lá, auscultando com o ouvido todos os objetos à sua volta, a geleira, a máquina de lavar, as paredes brancas da casa, o chão de madeira, cada movimento dos vizinhos, cada luminária acesa, serão os fios elétricos embutidos nas paredes, ou uma antena qualquer lá fora, mas porquê que só escuto este besouro irritante do lado esquerdo? Bastava imobilizar-se e deixar espaço ao silêncio para escutar nitidamente aquele dzzz. Não pode ser, não pode ser que esteja dentro da minha cabeça, queres ver que estou a ficar como o Avô Humberto, que ouvia estrondos no silêncio e via borboletas em todo o lado.

Desde que o zumbido se havia instalado que as suas insónias tinham regressado. Berlim já não era mais a cidade do silêncio, o seu lugar de paz, o refúgio precioso onde o seu cérebro podia, por fim, funcionar, produzir e descansar. É Luanda, repetia para si, é Luanda que não me deixa ir.

E foi então que chegou o último dia do ano. Naquela noite sonhou com o Avô Humberto. Estavam no Huambo, nas traseiras da casa antiga, o avô agachado como a estátua tchokwé, olhando o Jornal de Angola aberto no chão na página dos mortos. Irina espiava o avô, tentando adivinhar se dormia, se lia, se acaso respirava. Primeiro soou ao longe. Depois mais perto e o Avô Humberto levantou bruscamente o tronco, pondo-se alerta como uma lebre. Assim que confirmou a sua terrível suspeita, foi tudo como um filme: o avô que se levanta num salto, agarra a menina, leve como uma boneca de trapos, e metem-se muito rapidamente dentro de casa. Estão ali, aplacados no chão, na zona mais protegida pelo maior número de paredes. O avô tinha a cara toda molhada e a respiração tão acelerada que Irina começou a chorar, muito abraçada a ele. Lá fora os bombardeamentos pareciam cada vez mais perto e os caças faziam estremecer a cristaleira da sala. Então o Avô Humberto disse assim, com a voz baixinha sua, Irininha, não chora, minha filha, são os marimbondos gigantes que estão a atravessar o céu em direção ao mar do Brasil, deixam esse rasto de fumo negro a assustam os passarinhos, mas daqui a pouco chegará o bando encantado das borboletas mais bonitas do Planalto Central, afastando o fumo negro com o bater das ásias, as ásias todas coloridas, como aquele pano que a Avó Cândida usa quando sopra à noitinha, ásias todas bonitinhas com o desenho de óleos abertos que nos veem a alma, que nos protegem de qualquer mal, essas borboletas com óleos nas ásias vão espantar os marimbondos gigantes de uma vez só, vai acabar a batucada, vai ficar tudo calmo, minha Irininha, minha netinha, e o avô embalava os seus dois corpos e fazia shh-shh com a boca seca e os olhos molhados, quando Irina acordou.

Abriu a janela do quarto e ouviu os berlinenses a celebrar o ano novo rebentando petardos na calçada, lançando foguetes dos telhados e enchendo o céu de fumo negro. Irina levantou-se da cama, vestiu o casaco, calçou as botas e saiu para a festa na rua. Ainda ia a tempo de ligar para Luanda para dar os kandandos de Ano Novo.

HELENA MACHADO

SEM TRUQUES

"Ela tem um buraco no peito onde ele pode
enfiar a mão quando ela está dormindo.
Durmo a contragosto com meu marido, diz ela, pois ele
sempre enfia a mão no meu peito, que
tem um buraco. Desse jeito o buraco não tem como ficar menor"

[Aglaja Veteranyi]

As folhas secas fraquejavam sob seus pés, estalos e mais estalos, ela prosseguia palmilhando a indecisão que parecia se tornar cada vez mais certa. Mesmo com a caudalosidade do rio adiante, sentia os entornos sempre tórridos. E adentrava a selva carimbando as folhas até o barulho das pisadas, de tão corriqueiro, perder seu registro. O solo, ainda que úmido, parecia rachar feito um imenso bloco de gelo prenunciando a avalanche, as crateras abrindo raízes assim como suas sinapses que se estendiam e se bifurcavam por todo o cérebro.

Porque olhava para fora sempre olhando para dentro, desde criança ouvia que seus olhos eram de louca. Já adulta, percebeu que tinha olhos de bússola, como as aves. No entanto, ainda que apontassem para o Norte, suas pupilas jamais conseguiram se estabelecer lá.

E então ela andava para frente, mas vacilava para trás, ciscava feito as galinhas que lhe causavam pânico naquele banheiro apertado do trailer que era a sua casa, as galinhas vivas que a mãe degolava, jogando os miúdos imprestáveis no vaso sanitário. Toda vez que ia fazer xixi, temia ver um pescoço cocoricando dentro da privada. Passou a urinar na pia, junto a corrente d'água. E agora, cada vez mais próxima do rio, a opulência sussurrava em seus ouvidos fazendo cócegas, e ela seguia rumo à correnteza como quem procura uma concha para prender aos tímpanos, e sentia na nuca o arrepio típico dos instantes que precedem a entrega.

Escolheu outubro, como se de fato isso fosse uma escolha, o mês em que o escorpião nasce, ele que se envenena com o próprio rabo. Outubro a estação reconfortante das folhas finalmente livres que vinham lá da copa das árvores planando rumo ao chão de pétalas roxas, beges e vermelhas, as mesmas cores que compunham a lona do circo que sempre foi a sua pátria, e ela pronta para mais uma acrobacia, sendo festejada pelas flores da mesma maneira que recebia confetes no picadeiro, e tal como quem entra no globo da morte, começou a girar em volta do próprio eixo, girava de braços abertos como os galhos das árvores, girava e girava feito um gato que tenta a todo custo apanhar seu rabo, girava e girava e via os flashs da natureza rodopiando, seus olhos pareciam máquina fotográfica a disparar paisagens de fora e de dentro

o esquilo cruza seu caminho a procura das nozes esquecidas

ela amaldiçoada pelo não esquecimento

.

a sombra sem assombração da copa das árvores

.

.

.

as folhas voando como cédulas de dinheiro

Nós teremos fama e ficaremos ricos na Alemanha!

.

.

Isso me dá cosquinha, pai!

O pé-direito baixo do trailer gritava alto, pedindo por silêncio

.

.

.

o pé-direito alto do circo abafava os aplausos

.

.

.

Hoje tem sopa do peito da galinha e amanhã tem sopa dos pés da galinha e depois de amanhã tem sopa das moelas da galinha e depois de depois de amanhã tem sopa do coração da galinh

A

H

H

H

HHHHHHHHHHHHHHHHHHHHHHHHHHHHHHHHHHHH
HHHHHHHHHHHHHHHHHH

H

H

Suas letras se espalharam fazendo pontos cardeais com o vento, os berros antes sussurrados finalmente saíam aos quatro cantos, misturavam-se ao coaxar dos sapos e aos pios dos patos e ao som dos pássaros lançando agudos no céu, e atirar palavras era como reencontrar e se livrar um pouco daquela outra dela, a menina que se dependurava querendo desencaixar o quadril da cintura e criar metades de si própria, e rodopiando sem parar, deixou sua cabeça pender para trás, lá em cima o céu azul escarlate vazio de nuvens, a imensidão oca cortada apenas pelas teias de aranha suspensas no ar, como os fios onde a mãe enroscava seus cabelos de aço, a cabeça para baixo da mãe tinha um pescoço mais fino do que o da galinha prestes a ser decapitada, a mãe que a cada noite podia despencar lá de cima, e ela que não queria mas também queria que a mãe caísse, estava farta de tantas galinhas mortas, de tantos despertadores emudecidos, mas sabia que a mãe dava piruetas para passar por cima dos bolsos vazios, que mentira deslavada essa do pai!, o pai que queria tanto a fama e grudava as fotos da família na televisão, o pai que só vivia na imaginação, e a imaginação era também sua TV preferida, a TV de dentro da cabeça, quem dera que suas antenas não tivessem captado os malabares que o pai fazia entre as pernas da irmã, a irmã que também se embrenhava nas lendas para escapar do canal de sempre, e toda noite era a mesma coisa, dentro da casa nômade, a irmã lhe contava a história da "Criança que cozinha na polenta", enquanto a mãe, acrobata invencível, andava na corda bamba com os bolsos vazios. Só conhecia o cheiro do seu país pela comida da mãe. As beringelas assadas que cheiravam em todos os lugares, e ela que "abria a porta do trailer o menos possível para a casa não evaporar".

Agora, embrenhada na mata, via a aranha peluda e estufada costurando sua teia e não parava de pensar na mãe que fazia as vezes de artrópode com aquele monte de braços e pernas. Lembrou-se daquele dia, antes do embalo lá em cima, antes do pó de magnésio nos dedos sempre ressecados, olhou para o pai, o palhaço triste, tão triste como todos os palhaços, e viu a mãe suspirar a alegria que se esvai a cada furo da lona, a cada gota que entra, a cada falta de teto. E encarando os personagens que se faziam de sua família nus, encharcados, percebeu as manchas de fungos que se enroscavam nas árvores. E as lembranças se apoderavam dela como os parasitas abraçando os caules até o sufocamento.

Ou estaria em seus olhos de louca a crueza daquela espécie de pragas, a vertigem que ela jamais conseguiu apaziguar? Quem sabe, ao invés de roubarem as árvores para si, os musgos estivessem ali em vista da troca?

De repente o mundo se fez tão cheio que caiu lá de cima. Talvez a chuva fosse Deus espirrando a bem-aventurança de seus brios que finalmente chegavam. A natureza era tão impressionante que não podia deixar de ser, a natureza não dependia dela mas também era ela, e ela acreditava em uma nova vida, pois se não acreditasse, se lhe apaziguasse a ideia do fim, coisa que na verdade a atemorizava, não teria a valentia de insistir na torrente, e invadindo a selva cresceu-lhe o imponderável, na lama sentiu-se menos cambaleante do que nunca, seus apegos iam embora como a pasta d'água do palhaço que chora, e os bolsos antes vazios de seu vestido agora se enchiam de pedras cada vez mais robustas, cada vez mais pesadas, e então chegou na margem do rio e viu a espuma criando barbas, o velho dentro d'água que refletia sua outra casa imensa lá em cima, molhou os pés, o gelo que anestesia as dores, enfiou as pernas e sentiu o quadril arrefecer no corpo da natureza, a cintura lambrecada pelo lodo úmido, os seios encharcados, e logo suspendeu as pernas e deixou que os pedregulhos, os de fora e os de dentro, lhe levassem. E foi indo e indo junto a correnteza e, antes da queda na cachoeira, virou mar. Não gritou. "Jogou sua boca fora."

RAFAEL SPERLING

AVÓ DO FUTEBOL

Um homem ligou para sua avó e disse, "O futuro do futebol está em suas mãos". A avó desligou o telefone e saiu correndo pela rua. Ela escorregou e bateu a cabeça. Um homem que estava passando parou e chorou algumas lágrimas no rosto da avó. Ele pensou, "Contamos com você". A avó sentiu o pensamento e levantou do coma profundo. Ela saiu correndo (embora com dificuldade) e escorregou de novo. Dessa vez ela caiu na escada rolante do shopping e bateu com a boca no chão. Uma menina passou e penteou os cabelos da avó. Ela disse, "Minha avó era meio molenga, mas você chega a ser risível". A avó deu um berro de raiva e se levantou. Saiu correndo (na verdade andando, mas ela achava que estava correndo) e, apesar dos ferimentos, conseguiu chegar ao estádio. Na entrada, um segurança bloqueava a passagem. "O que você quer?", perguntou o segurança apontando uma arma. "Salvar o futebol", respondeu a avó. O segurança baixou a arma e indicou o caminho. Entrando no estádio, ouviu o grito da torcida, e foi empurrada para dentro de campo. A avó se arrastava tentando acompanhar a bola, mas era a todo momento golpeada pelos jogadores. Ela recebe uma bolada no rosto e cai dentro da grande área. O juiz marca pênalti. A avó não consegue se levantar, e a torcida grita, assim como os jogadores e o técnico. A bola é colocada na marca do pênalti e o juiz ordena que a avó salve o futebol. A avó vai engatinhando com dificuldade até a bola. Os jogadores berram humilhando a avó, dizendo como ela é molenga, como ela não quer nada com a vida, como ela é ridiculamente frágil, que ela é uma vergonha. A avó berra de desespero enquanto tenta se levantar para cobrar o pênalti. Já de pé, olha para a bola e para o gol. O goleiro está deitado e tomando suco. "Você é tão ruim que até dormindo consigo defender o gol". A avó berra enquanto rasga as roupas e arranca os cabelos frágeis. Ela tenta correr em direção ao gol e cai, batendo com o rosto na bola e quebrando os dentes. O goleiro gargalha enquanto toma seu suco. A avó espuma de raiva e urra enquanto dilacera a carne de seu rosto com as unhas. Ela se locomove em direção à bola e chuta. A bola viaja na velocidade da luz e destrói o rosto do goleiro com o impacto. Como se não bastasse isso, a bola mantém a direção e rasga a rede do gol, indo em direção à torcida e acertando uma criança, causando sua morte. Em seguida, fura o concreto da arquibancada e destrói uma das principais vigas de sustentação do estádio, que começa a tremer, rachar, e logo vai soterrar todos os presentes. A avó está caída no chão, mas ainda está viva, pensa em como vai voltar para casa. Em seus últimos instantes, enquanto o estádio vem abaixo, os jogadores a levantam no ar e a agradecem por ter salvado o futebol.

LEONARDO PIANA

QUATRO VÍDEOS NO CARTÃO DE MEMÓRIA

1.

Seu desconcerto à surpresa da câmera. A sequência: você me olhando através da lente, deitado na cama, cabelo amassado pelo cochilo rápido que tiramos depois do almoço. Você espera o clique da foto, cobre-se com o travesseiro ao perceber o vídeo, então faz graça para a câmera, para mim, do lado de lá da lente e do outro lado da tela, do outro lado dos anos, você nunca imaginaria. O tempo: nosso abismo. Então você me pede que pare a filmagem, me puxa pela cintura e eu não cedo, vai até a cozinha e eu o sigo, enche na torneira um copo d'água e pergunta *O que você vai fazer hoje à tarde? Preciso trabalhar*, digo, *mas antes vamos pra cama, cinco minutinhos*. Você bebe água, boi no cocho, foco na camiseta gola v, a medalhinha dourada de Nossa Senhora que você nunca tirava do pescoço. O vídeo para nessa hora.

2.

Mas continua num segundo. Você dá as costas para mim, me lembro dessa camiseta azul, como esquecer. Você se deita e eu miro seu rosto, fecha os olhos, permanece. Percorro seu quarto: o calendário de parede da turma de Geografia, 2010, um dezembro estacionado no tempo, dias riscados – eu mesmo tinha circulado o 18, do meu aniversário; papel higiênico amassado sobre a mesa de cabeceira; um livro de capa vermelha, não consigo identificar qual é; uma coleção de xícaras e copos de requeijão vazios. Me deito ao seu lado, rosto contra o seu travesseiro. Você toma a câmera da minha mão, continua se filmando: um recado. Percebo agora por que evito deixar esses arquivos tão próximos – a câmera tão próxima do seu rosto. Percebo agora que eu deveria ter, por exemplo, deixado de lado algumas corridas de manhã para dormir junto uma horinha a mais, cinco minutos soam tão pouco quando, com a minha câmera na mão, você diz, está tudo gravado, que

Eu vou gravar tudo pra você não esquecer, a gente tem uma coisa pra fazer a longo prazo. Você sempre dizia isto: *longo prazo*. Como se o futuro estivesse ao seu alcance. Um beijo na lente e o vídeo mirando o v da sua gola azul, pelos escapando do ângulo.

4.

Estamos na cozinha. Câmera na mão, levo à pia um pires com cinzas de cigarro. Frases resmungadas por um homem chapado, impossíveis de decifrar. Óculos escuros sobre a mesa, uma panela de arroz intocada desde a noite de sexta-feira, uma faca de carne cuja ponta ameaça meu olhar – tomo conta de registrar o momento em que a coloco no faqueiro sobre a gaveta dos talheres. *Essa sua mania de tudo-tem-que-estar-no-lugar*, você diz. Filmo o cabo da faca posicionado entre os demais, ainda envolvido pelo meu punho cerrado. O vídeo registra suas costas, campo vasto demais para alguém como você, esquentando café com leite num micro-ondas pequeno numa manhã de domingo. Em dois dias uma camada de fungos surgiria sobre o arroz. Aquele foi um verão propício a estragar tudo dentro de casa, aos micro-organismos, à pouca roupa, short curtinho e costas brilhantes de suor. *Desliga essa câmera, vai.* Pelo menos a tempo de capturá-lo acendendo um cigarro, o cismo entre as sobrancelhas, ameaça ingênua, o faqueiro sobre a gaveta, uma estação antecipando o fim.

5.

Você põe muita força ao ensaboar a louça, pergunta *Não quer me ajudar?* Fico onde estou, inspirado por uma distração falsa com o olho no visor da câmera. Hoje vejo de novo todos os detalhes da cozinha dos seus pais, a altura dos móveis, objetos trazidos em viagem, ímãs de um país inteiro grudado à porta da geladeira, como eu detestava aquele lugar. Ouve-se o estrondo dos talheres na pia, dos pratos que você coloca no escorredor. *Você nunca faz nada, porra.* Cínico e ingênuo eu rio, finjo que não escuto mas está tudo bem claro, sua braveza de menino ecoando por dezenas de metros quadrados, tocando prata, mármore, mogno. Você continua: *Faz alguma coisa*, vira-se para mim, reconheço bem a expressão no seu rosto quando você estende o braço, *Pelo amor de Deus,* sua mão enorme de segurar, bater, amordaçar. A cena continua: você solta no ar um copo cheio de sabão que explode num baque contra o chão. Câmera na mão, eu me levanto em direção à porta, ando passos rasos, pés descalços, só de cueca, o corpo pronto para ser apunhalado por um caco, qualquer estilhaço que tivesse quicado com raiva de mim. Afinal eu mereci, não mereci? O vídeo termina antes de o vidro entrar na pele, antes que eu possa ver o vidro cravado na carne, embora eu não me lembre de ter sentido tanto. Não me lembro de ter deixado escapar um grito, um gemido, de ter hesitado. O que aconteceu depois: me apoiei no seu ombro, levantei o pé direito e puxei o caco. Você então me olhava – isto aqui é só memória – não mais com raiva, mas com pavor. Deixei o caco de vidro sobre a bancada, caminhei até o banheiro e abri todas as torneiras. A longo prazo, uma inundação doméstica. Minhas pegadas vermelhas coloriram o branco do azulejo, branco, vermelho, branco, tudo de repente muito branco, até meu rosto clareava em frente ao espelho clareava quando, antes de desabar, vi sobre a pia a sua medalhinha de Nossa Senhora.

JORGE WAKABARA

LUCIENE SOLTOU O VERBO

“Essa cidade ainda pertence aos homens.”

Quem falava era Marta, altiva, misteriosa com seus olhos esfumados e seu gestual de arabescos, uma dança. O perfume, um floral amadeirado, ia se espalhando a cada movimento. Dona Fã ouvia fascinada e ao mesmo tempo pensava: “Não é possível. Ela deve ensaiar esse desenho das mãos no espelho. O jeito que escolhe o cigarro, que o leva à boca e acende”

“Morro Velho”, Marta continuou, suspirando, “continua pertencendo aos homens. Não se engane, Estefânia. Na mediocridade deles, no som do rádio chiado com a partida de futebol. O papo sobre capital, sobre orçamento, sobre parcelamento de dívida. A gente se acha mais sofisticada porque falamos de coisas profundas, existenciais. Analisamos narrativas, sentimos melancolia. Porém, Morro Velho segue deles. Eles constroem e destroem, a gente só assiste e comenta”

As sobrancelhas de Dona Fã (feitas fininhas, só vinte e cinco fios) se levantaram, assim como a xícara de chá que levava à boca. “Que dramática, a Marta. Ela que fale por ela.” Pousou a xícara no pires, pensativa, para em cinco segundos concluir consigo mesma: “Morro Velho não pertence a mais ninguém”.

E murmurou para a amiga, mudando de assunto: “Mas você viu o novo corte de cabelo da Janete no jornal da noite? Que belezinha. Impecável”, e concluiu, “meu cabelo não vai dar para fazer igual. Caso contrário, copiaria.”

“Copiava?”, Marta quis confirmar, num misto de espanto e ardil.

Dona Fã confirmou num muxoxo, um “uhum” quase animado. Marta comentaria com as outras mulheres que Estefânia era “do tipo que copia”. Ela não tinha dúvidas. Tampouco se importava. Achava engraçado. Que comentem.

*

Na manhã seguinte, ensolarada e fria, Dr. Nestor Soares morreu no quintal da sua casa, ao lado de seu carro, a chave já na porta para abrir, sentar, dirigir e passar mais um dia de trabalho num escritório de luz fria, móveis sem personalidade e planilhas a serem preenchidas.

Ele foi atingido na jugular pela mordida do cachorro da família, que também o machucou no braço esquerdo, na mão esquerda, no lado direito do abdômen e na face. Quem ligou para o serviço de emergência foi Dona Fã, apelido de Estefânia Soares.

A grama da frente da casa estava verde, como sempre. Mais verde que a da casa da vizinha, Marta Chaves Costa. Marta, casada com Dr. Cícero Chaves Costa, tomava seu desjejum quando ouviu uma balbúrdia. Ela não saiu de casa para ver o que acontecia porque "esse tipo de enxerimento é dado a gente de outra laia". Tampouco se absteve de delicadamente empurrar a moça que trabalhava em sua casa, Dinha (apelido de Raimunda), para fazer o papel de repórter e trazer mais informações sobre o alvoroço que se sucedeu.

"Mas será o Benedito, não se pode relaxar em paz. Ouviu agora? Um grito. Dinha, você que conhece a moça que trabalha na casa da Estefânia. Aquela simpática. Como é o nome? Nilda. Isso. Veio de lá o grito, não foi? Veja se eles precisam de algo. Fiquei preocupada. Anda, vai."

*

Dr. Cícero Chaves Costa já havia saído de casa na hora do acontecido.

Ele costuma sair de casa bem cedo para trabalhar.

Ele trabalha no mesmo escritório de Dr. Nestor há décadas. Vizinhos e colegas.

Dr. Cícero e Dr. Nestor nunca foram juntos para o escritório. Cada um no seu carro no meio do trânsito de Morro Velho.

Ao se encontrarem no escritório em frente à máquina de café, davam ritmados tapinhas nas costas um do outro.

"E a Marta?"

"E a Fã?"

"Precisamos marcar!"

"Sim, precisamos marcar!"

"O trabalho, Cícero, vai acabar nos matando! A gente trabalha demais!"

"Demais, Nestor. Demais!"

E se um desavisado os visse falando essas últimas frases, acharia que os dois se orgulhavam em dar conta de tamanho volume de tarefas diárias.

*

O delegado não levantava os olhos da papelada.

"Então seu nome é..."

"Marinilda, senhor, mas pode me chamar de Nilda."

"Marinilda Azevedo. Aqui seu documento", estendeu o RG na direção da moça. "Não precisa ficar assustada, viu, a gente só vai fazer algumas perguntas simples."

"Sim, senhor", ela respondeu. Como ele sabia que estava amedrontada com a situação se nem olhou direito para ela? A voz, talvez.

"Pelo que o policial Marcondes me informou, a senhora estava no quintal, na parte de trás da casa, na hora da morte do Dr. Nestor. É isso?"

"Não é bem no quintal. Tem um espaço ali atrás, onde ficam as máquinas de lavar e de secar, o varal. Estava separando as roupas para colocar na máquina."

"Tinha alguém ajudando? Ou a senhora estava sozinha?"

"Sozinha, eu sempre lavo a roupa sozinha."

Ele ia tomando notas de algumas coisas, fazia pausas entre as frases. Nilda achou parecido com delegado de novela. "Então é assim na vida real, também." Ela nunca havia entrado em uma delegacia antes.

"É só a senhora que trabalha na limpeza da casa?"

"De funcionária, todo dia, é isso mesmo, senhor, sou só eu. Tem uma dona que vai de quinze em quinze dias ajudar numa limpeza mais pesada, lavar cortina, limpar vidro da janela, colocar tapete no sol. Essas coisas."

"Então aquela casa grande e só você trabalhando?", o delegado balançava a cabeça, discordando da exploração com Nilda.

"É sim, senhor, mas sou muito agradecida, viu? A Dona Fã é uma patroa muito boa. Antes tinha a robô, mas aí Dona Fã colocou a robô só para outras coisas."

O delegado se interessou.

"Robô?", repetiu para confirmar, anotando. "Humanóide?"

"Sim, uma dessas de braço e perna e tudo. Dona Fã tem o maior orgulho dela, mas não é último modelo, não, viu? Aí a bichinha não era muito boa de fazer o serviço de lavar, passar, essas coisas. Nem para cozinhar serve. Então Dona Fã colocou para fazer o cabelo dela, maquiagem. Esse tipo de coisa."

"Um robô humanóide só para isso?", se espantou, pensando no preço alto do eletrodoméstico.

"E também para exibir quando as vizinhas vão em casa. De vez em quando Dona Fã coloca a robô para botar o chá. Só que a pobre também não serve para isso, já quebrou umas duas xícaras!", Nilda relembrou, rindo. "E mesmo assim ela insiste, sabe, e fica falando para as outras que a robô é cromada. Que isso e que aquilo. Cromado é mais caro, né? Acho que é por isso que ela vive dizendo."

"E você sabe onde o robô estava na manhã de ontem?"

"De manhã ela sempre fica no armário dela. Um armário grande, comprido, para caber, né. Dona Fã nunca desmonta a pobre. Fica lá trancada, carregando a bateria."

*

Nancy tinha o rosto inchado de chorar quando chegou na casa e encontrou a mãe, Dona Fã, absorta no sofá da sala. Foi Nilda quem atendeu a porta e logo indicou onde Dona Fã estava com a cabeça. Fez uma leve careta, como quem quer dizer: "Não melhorou desde a morte do seu pai. Talvez tenha até piorado."

A filha perguntou, em voz bem baixa, pelo irmão. Nilda apontou para o andar de cima enquanto a ajudava a tirar o casaco. "Não saiu de lá hoje, não desceu nem para tomar café", comentou aos sussurros. "Imprestável", resmungou Nancy, "mimado. O Jonathan vem amanhã, só conseguimos a minha passagem para hoje. Então, por enquanto, não precisa arrumar a cama de casal do quartinho. Se bobear, hoje durmo com a mamãe, mesmo. Pode fazer um chá? De camomila? Tem?"

"Tem, sim, senhora."

"E na delegacia, como foi?"

"Esquisito. O delegado é estranho, a senhora não acha?"

"Estranho como?"

"Parece da TV."

Nancy esboçou um sorriso. "Obrigada, querida", disse, suspirando e pegando no braço de Nilda, para demonstrar como realmente estava grata pelo apoio.

Foi chegando perto de Dona Fã, lentamente, como quem tem medo de quebrar algo. Reparou que a mãe, em geral tão vaidosa, estava sem batom, blush. Cara limpa.

"Minha filha!", exclamou ao perceber que Nancy se aproximava. "Quanto tempo! Espera, deixe-me olhar para você", pediu, antes de se abraçarem. "Sempre tão elegante, Nancy."

"Desculpe-me por não conseguir vir antes, mamãe, eu soube que o Dr. Cícero ajudou em tudo… Eu sinto muito."

"Foi tudo tão rápido, minha filha, eu não… Senta, senta aqui do meu lado", e se sentaram. "O Cícero e a Marta são dois anjos, não me deixaram mover um fio. Foram eles que te ligaram, não foram?"

Nancy balançou a cabeça, confirmando. A mãe estava em negação? Parecia confusa e não triste. Bem… Cada um lida com o luto de uma forma.

"E obrigada por esperar. Liguei do caminho… Eles já sabem que cheguei, é melhor irmos para o cemitério. Pedi um chá para a Nilda para nós duas, tomamos e vamos. Pode ser?"

"Mas eu… Eu também preciso me arrumar", disse, reparando em sua roupa. "Você consegue me ajudar? Passar um rougezinho, uma coisa de nada?"

"Claro, consigo. Vamos para o quarto, então", comentou, levantando. "Não prefere ligar a robô?"

"Hoje não, deixe que ela descanse."

"Você que sabe, o que preferir. E também precisamos chamar o Junior", acrescentou, disfarçando para não exibir o desgosto com o irmão que não ajudou em nada.

"Deixa o menino. Ele ficou muito abalado, Nancy. Abaladíssimo. Passou a tranca no quarto e só saiu uma vez de lá, para pegar um pão e ir ao banheiro. Ele é muito novo. E você deve se lembrar do quanto era ligado ao pai."

Nancy lembrava. E também sabia que o rapaz tinha 27 anos recém-completados, seguia desempregado e passava os dias na frente do computador.

*

O delegado entrou pela mesma porta de antes naquele cubículo cinza, sem graça. O lugar devia ser assim propositalmente, sem detalhes que distraíssem. O foco era o depoimento.

"Se você se sentir acuada, se achar que ele está te pressionando por qualquer motivo, você diz que só continua com a presença de um advogado, Nilda. Não hesita. Ele não pode te prender lá dentro nem nada, você consegue sair quando quiser. Estarei no estacionamento te esperando", Nancy comentou antes da mulher sair do carro, em frente à delegacia.

Ninguém entendeu bem quando Nilda foi chamada novamente. Não foi concluído que havia sido um acidente? Por que o caso ainda não estava arquivado?

"Obrigado pela disponibilidade, Nilda", o delegado disse, estendendo a mão e, veja só, olho no olho. Ela o cumprimentou. "Aceita uma água, um café?"

"Não, senhor, estou bem."

"Sei que é chato ter que vir aqui de novo, não é um ambiente necessariamente... bacana. Mas fique tranquila mais uma vez, eu lhe asseguro que são só algumas perguntas simples que deixamos passar da outra vez em que esteve aqui."

Nilda concordou e aguardou. Mais uma vez o suspense de novela, mão no queixo, ar distante e pensativo. Finalmente ele começou:

"A casa do cachorro. Uma casinha. Entendo que existe uma casa, certo?"

"É mais um caixote. Casa tem telhado, né? O caixote é reto em cima. É um horror na temporada das folhas caírem, tenho que limpar todo dia."

"Ah, e você chega perto do cão? Digo, para limpar a casa. É quando ele está perto da casa, preso pela corrente?"

"Sim, ele sempre estava na corrente. E comigo ele não mexe. Com ninguém. O problema era com o dr. Nestor."

"Com os outros, então, não era agressivo? Nem com a sua patroa?"

"Não, senhor. Mas quando chegava perto do Dr. Nestor, rosnava. Era só ver uma nesguinha de Dr. Nestor que o bicho já ficava ressabiado. Então não podia se aproximar."

"E todo mundo sabia disso?"

"Imagino que sim, o cachorro não fazia questão de esconder", disse, meio zombeteira. O delegado, ignorando, continuou:

"A título de confirmação, a casa... o caixote do cachorro. Fica a cerca de seis metros de onde você estava, das máquinas, correto?"

"Seis metros? Eu não sei de medida assim, não, senhor. Mas fica perto."

"E o cachorro sempre fica na corrente, de coleira. Você me disse que não ouviu nada, só ouviu quando Dr. Nestor gritou. Portanto não ouviu quando a corrente arrebentou."

"Isso, sim, senhor. Quando eu tô fazendo esse tipo de serviço, de colocar a roupa para lavar, aí eu escuto o rádio, as minhas músicas. A gente precisa ter algo para distrair, né, o senhor sabe", respondeu, quase como se desculpando.

"É que a corrente era bem grossa. E o grito do Dr. Nestor foi lá do outro lado da casa. Mas entendo, você devia estar distraída."

"Devia. É...", e lembrou do que Nancy lhe disse. Ela estava sendo pressionada? Provável que não. O delegado só queria esclarecer o assunto. Não?

"E o menino, estava lá em cima. Certo?"

"Ih, o menino não levanta antes das onze, seu delegado."

Sucedeu-se uma nova pausa, ele deslizava a mão por cima do canto da mesa, como se tentasse tirar uma poeira grudada. Aquele tique típico de quem tenta disfarçar algo maior.

"Nilda, você considera que a relação do Dr. Nestor e da Dona Fã estava… normal?"

"Como assim, normal?"

"Eles não vinham, por exemplo, brigando? Presenciou algum desentendimento?"

"Olha, você vai me desculpar, mas não sou de ficar falando da vida pessoal dos outros! Ainda mais dos meus patrões", exclamou, bem incomodada. "Vê se tem cabimento. Eram um casal normal sim, seu delegado, onde já se viu? Que cabra."

Ao entender que sua estratégia havia sido desastrada, ele procurou acalmá-la. Via-se que ela estava quase levantando para ir embora.

"São as últimas perguntas, prometo, por favor. O Dr. Nestor costumava jantar em casa?"

"Eu não durmo no serviço e Dona Fã costuma jantar tarde", Nilda ia rebatendo, brusca. "E não tenho espião para ficar bizoiando no que os meus patrões estão fazendo quando não estou lá. Sou uma pessoa séria, viu, seu delegado? E levo meu trabalho a sério, também."

"Entendo. Na verdade, queria saber se Dr. Nestor fazia muito serão no trabalho", disfarçou.

"Serão? E que negócio é esse?"

"Se ele estendia o horário de trabalho. Ele era muito trabalhador, pelo que sei. Não era?"

"Era, sim, senhor", concordou, desconfiada. "E se queria só saber isso, era só ter perguntado na lata. O horário dele chegar variava. Mas isso é normal, o meu também varia. Às vezes tem mais serviço, às vezes não tem. O senhor tá insinuando o quê? Que todo mundo que chega mais tarde em casa de vez em quando está de siricutico pela rua? Mas a minha paciência, viu… Venho aqui na maior boa vontade pela segunda vez, veja bem, segunda vez. No meu horário de serviço!"

“Você me desculpe o incômodo…”

“O cão não parava quieto, vivia de frescagem. Pois de tanto puxar a corrente, arrebentou! E o Dr. Nestor estava no meio do caminho, uma infelicidade. É essa a história, por que o senhor quer complicar?”

Depois de dois dias, o caso foi finalmente concluído e arquivado. A investigação apontou acidente.

Jonathan só permaneceu um dia em Morro Velho, mas Nancy pediu licença na escola onde trabalhava para ficar mais uma semana com a mãe. Os dias passaram rápido. Num domingo, enquanto ligava para o táxi para fazer a viagem ao aeroporto e de lá embarcar rumo à sua própria casa, em outro estado, ficou feliz ao ver a mãe maquiada novamente. Ela conversava com Marta na sala.

“Que bonita que você está, mamãe!”, exclamou ao desligar.

“Ah, você viu?” Exibiu-se, interrompendo a conversa com a amiga. “Coisa da Luciene. Ela quis testar uma cor nova de batom. Ainda não sei se gostei.”

“Acho tão engraçada essa sua mania de chamar a robô por um nome de gente. Parece que ela é um animal de estimação! Nunca vi isso…”

“Ela gosta. Deixa sua pobre mãe em paz”, e virou para a vizinha, buscando apoio: “Marta, se você tivesse uma robô cromada, não ia batizá-la com algum nome?”

A amiga estava mastigando um biscoito e fez um gesto que poderia ser interpretado como “quem sabe?” ou “que bobagem!”. Uma madame tão elegante nunca responderia de boca cheia.

“Luciene faz tudo o que peço. Não me custa dar uma humanizada. Às vezes acho até que ela pensa por si só.”

“Você sabe que isso é impossível. Ela é programada e só faz o que está no programa”, Nancy avisou, enquanto arrumava uma mecha do cabelo da mãe que insistia em sair do lugar. “A Nilda está lá fora? Já chamei o táxi e queria me despedir dela.”

“Deve estar. Cuidado com o cachorro, para ele não entrar na casa. Agora que vive sem corrente, fica na porta de trás, à espreita. Doido para estragar meus móveis!”

Nancy chegou na porta, daquelas com tela, que permitem que você veja o lado de fora. Não deu outra: lá estava o cachorro, abanando o rabo, de olho. Porte médio, língua para fora. Era meigo. Quem diria que havia um instinto assassino dentro dele?

Não que ela tivesse medo, longe disso. Era mesmo verdade que o animal só havia demonstrado animosidade com seu pai. Nem outros cachorros da vizinhança o abalavam.

"Nilda! Nilda, tá por aí?", gritou.

"Nilda, segura o Verbo para eu abrir a porta e te dizer tchau? Ele já tá aqui, doido para entrar!"

JÚLIA MOREIRA

VEZ OU OUTRA O SOL NASCE

Dizem que o desprezo é um dos piores sentimentos que se pode sentir por alguém, que o contrário do amor é a indiferença, mas qual será o sentimento de uma pessoa que cospe na cara da outra? É a pergunta que me faço desde que meu irmão marcou meu rosto. Uma escarrada. Me pegou pelo braço e me atirou para fora de casa, alegando que eu era responsável pela doença de nossa mãe. Disse que meu destino era ser encontrada numa valeta. Jogou um dinheiro no chão, pronunciou meu nome de batismo e ameaçou me matar caso eu retornasse. Não sei se um dia descobrirei a resposta. Talvez humilhações como essas sejam necessárias para fortalecer a casca que toda mulher como eu precisa. Casca, aos dezessete anos, que me levou para a pista no mesmo dia em que cheguei à capital.

Nos primeiros meses ganhei uma boa quantia. Além de pagar o aluguel e as roupas, consegui economizar para a cirurgia nos seios. Dinheiro que veio rápido, mas que despertou, na mesma velocidade, a revolta de uma das travestis com mais tempo de pista, dizendo que eu queria dar o truque e roubar seus clientes. Ela veio pra cima de mim com suas amigas e despejou toda sua raiva na minha cara. Ficou andando de um lado para o outro com uma navalha, ameaçando me rasgar o rosto, até uma voz carregada de sotaque romper o tumulto: deja de tener celos mujer! Invejosa! Vá aquendar melhor isso aí, tua neca tá quase pra fora. Era uma travesti alta, cuja presença transcendia o corriqueiro daquele lugar. Fui eu quem a trouxe aqui, finalizou. A outra deu de ombros e foi embora com suas amigas. Muito mapô a senhora, continuou, elogiando o meu rosto. Me chamo Camila. Perguntou a minha idade e de onde eu vinha. Resumi a minha história que pouco se diferenciava das outras dali, e persisti naquela noite, observando a elegância travesti que escolhia a dedo os fregueses, recusando alguns. Possuía uma habilidade peculiar de lidar com os outros e uma eloquência nas palavras que quase ninguém imaginaria provir de uma figura travesti. Palavras muitas vezes pouco compreendidas por nós que não havíamos terminado nem o ensino fundamental.

Camila insistiu para que eu fosse até sua pensão naquela semana para um chá com bolinhos de chuva. Lá, fui apresentada a outras companheiras. Dentre elas, uma que se movimentava vagarosamente, arrastando os chinelos. Suas pernas de veias varicosas, tonalidades de azul e verde, prontas para explodir a qualquer arranhão. Varizes e travesti eram para mim elementos que pareciam não combinar entre si. E enquanto me servia um chá, ela expressou sua preocupação: essa menina precisa terminar os estudos. Camila então depositou um livro em minhas mãos. Havia publicado depois de enfrentar o desinteresse das editoras que rotulavam sua história como suja. Não tive apoio da comunidade, explicou. Quando nosso corpo é esquartejado e arrastado por um carro, aí sim se lembram de nós. Relatou que a ajuda veio de um antigo cliente, um homem de família. Perguntei se eu poderia ficar com aquele livro. Respondeu que era meu, e escreveu uma dedicatória enquanto as outras faziam graça, dizendo que ela estava treinando para quando ficasse famosa.

Dias depois fui me matricular no supletivo movida por um broto de feijão branquinho que crescia no peito. O livro de Camila aguou desejos antigos que haviam se tornado ocultos. E eu poderia ter escrito uma carta longa pra ela, relatando o quanto o final da história me fez chorar, o quão triste me senti pelo menininho que morreu e o sorriso que se abriu em meu rosto quando a moça virou pássaro. E Camila leria a carta e sorriria, feliz, encheria uma taça de vinho ao mesmo tempo que acende um toco de maconha, nua, e leria até o P.S. onde eu diria que seu último conto foi um tanto escatológico, mas que no fundo, lá no fundo, eu gosto de ler essas coisas. Aposto que ela iria gargalhar, deixaria a carta na mesa, e caminharia, toda chapada, até o espelho para tirar uma selfie tapando apenas os bicos dos peitos. Mas olha que curioso, o que senti foi uma vontade de escrever sobre mim mesma. Escrever coisas parecidas de quando registrava em meu diário as aspirações de explorar o mundo. Não sei se é egocêntrico, talvez, mas senti vontade de escrever sobre meus sonhos e quis me amar. Me amar mais. Fui buscar o que precisava ser dito, com vontade de revelar algo tão pouco revelado. Algo que para muitos era sujo, mas que para mim era tão limpo como o nascer. Olhei pra janela. O brilho do sol brilhou um brilho tão bonito naquela sala de aula, e eu só queria renascer e reencontrar aquela menina que era obrigada a cortar os cabelos quando estavam grandes demais. Me ajeitei na cadeira e abri o caderno como se estivesse abrindo as cortinas do céu. Segurei o lápis com a mão meio perdida na coreografia da escrita,

e assim,
num rabisco redondo,
como o sol que surge no horizonte,
nasceu um calor,
mas um calor tranquilo,
desses que a gente só sente quando termina um livro.

E senti:
uma vontade forte de fugir, desaparecer,
e reaparecer
num outro lugar
e apenas ser

uma mulher comum.

E pensei:
quero voar
pra onde ninguém me conheça, nem pergunte
o que tenho

no meio das pernas.

E imaginei:
ser uma estranha estrangeira sem passado,
nem nome morto.
Sem gente abusada.
Onde de ele
nunca me chamem
ou me perguntem
se são verdadeiras

as minhas tetas.

Nasci. E um ano se passou desde a minha formatura. Camila, que havia abandonado a prostituição, agora vivia da escrita. Muitas vezes me juntei com nossas amigas na sua antiga pensão para assistirmos suas entrevistas em inglês. Ela tinha uma vida nova, e eu mantinha alguns clientes regulares e havia abandonado a vida na pista. Estava prestes a me mudar para a Europa onde diziam ser o local propício para uma vida de dia para mulheres que aqui eram da noite. Decidi fazer uma última visita à pista para me despedir das antigas amizades e convidei Camila. Um grupo de travestis veio ao nosso encontro. Contribuí com boa parte das minhas roupas e maquiagens, levando também alguns presentes. Camila me presenteou com seu novo livro, e eu entreguei meu poema: *Vez ou outra o sol nasce pra nós*. Ela leu ali, enquanto fumava um cigarro. Me abraçou, disse pra eu nunca deixar de me amar, nem de escrever. As meninas sugeriram que encerrássemos o expediente com chave de ouro: o nosso último programa, indicando um carro que fez um sinal para mim. Ao me aproximar, percebi que eram três amigos. O motorista fez a proposta, e eu disse que precisava avaliar de perto os pacotes. O de trás respondeu que eu iria amar cair de boca em sua jeba enorme, que eu poderia confirmar com as amigas travestis a delícia que era. Fui até ele, olhei seus olhos azuis, sua barba castanha e perguntei: Como está a nossa mãe, Gustavo?

Hoje, sou apenas uma senhora idosa, sorteada pelo destino para não mais residir naquele rincão que um dia me votou tanto desprezo. Desprezo que se cicatrizou, virou memória de orgulho que se juntou às rugas de conhecimento. Estabeleci meu sebo na Catalunha, compartilhando esse novo capítulo com um amor. Há quatro décadas, decidimos unir nossas vidas, buscando mútuo conforto e companhia. Jamais contraí matrimônio de véu e grinalda, nem abracei a maternidade, e ainda assim, poucas vezes me senti solitária. Em meio aos altos e baixos da vida, soube que meu irmão construiu família, mas sua trajetória foi abreviada precocemente, pouco antes do passamento de nossa mãe. Nosso pai, um desconhecido para mim, permanece um enigma. Ao longo desses quarenta anos, minha paixão, com quem divido o mesmo teto e a vida, insistiu para que eu partilhasse meus poemas com o mundo. Agora, aos setenta e nove anos, cedi, sucumbindo finalmente às persistentes súplicas de minha fiel amiga e amante: minha companheira Camila.

manatee
lamantin
dugong
rundschwanzseekühe

CURTIS EGGLESTON (Nashville, Estados Unidos, 1994)

CHOVA PARA MIM

Preciso ver, mas olho para a chuva. Ela escorre e se infiltra, em busca do centro da terra. Facilmente imagino mais no alto, mas não consigo traçar a queda. Se você procura uma nova dimensão, tráfego oposto não é bom presságio. Estou desesperado por dinheiro, e preciso pensar. Para pensar, preciso ver, mas olho para a chuva. Não faz muito tempo que aprendi a rezar. A diferença prévia estava no querer. O ganho que preciso diminui a dor. Estou desesperado por dinheiro, e preciso pensar. Ao lado da minha vista, a chuva dirige-se a todos. Olhe para dentro de si para saber como irá morrer. A chuva derrama indiferença. Não tenho seguro de saúde, mas tenho raios na espinha dorsal. Na primeira noite em que vi Fé, perdi minha virgindade. Quatorze e pronto e com medo das drogas. Questionei o pó – Fé, Kino chamou, é como êxtase. Hannah me puxou para seu quarto e o esfregou em minhas gengivas. Na semana seguinte na escola, fui recebido com inveja. Onze anos depois, estou desesperado por dinheiro. Minha mãe era inteligente, enfermeira em oncologia. Quando meu pai encontrou Fé, fez questão de me renegar. O raio que abate meu tempo está além de mim. Não consigo ver e estou desesperado por dinheiro. Quando eu tinha 18, visitei Mamãe. Ela perguntou se eu conhecia um garoto chamado Kino. Mei disse que me pagaria se eu escrevesse um filme para ela. Preciso pensar, mas olho para a chuva. Durante sete anos, fui viciado em Fé. Eu a comi, depois cheirei, até encontrar veias. O amor da minha vida disse que foi como um sonho. Ela não pôde ver a convulsão, e saiu a dirigir para casa. Quando um raio vem, não consigo respirar. Ele traça minha espinha e apaga meu nome. O filme está na minha cabeça, só preciso escrevê-lo. Tenho vergonha da soma, Mei disse que pagaria. Estou desesperado por dinheiro, eu só quero ver. Em vez disso, olho para cima, e espero pelo onde. Ao hospital, Mamãe disse que Kino veio. Ele tinha quase a sua idade, pensei que talvez o conhecesse. Ele disse que uma dor lívida atingiu toda a sua espinha, seus órgãos presos cerrando respirações como punhos. A ideia do filme é a escolha do tempo. Uma vez escrito, eu não serei meu. Não me servem de nada o dinheiro, ou a coragem, ou o tempo; em vez disso, olho para cima, e encorajo a luz.

Tradução de Zyom Rosa

CURTIS EGGLESTON (Nashville, Estados Unidos, 1994)

RAIN TO ME

I need to see, but I look up to the rain. It tunnels down, foraging for the center of the earth. I easily picture more above, but I cannot envision the fall. If you seek a new plane, opposite traffic does not bode well. I am desperate for money, and I need to think. To think, I need to see, but I look up to the rain. It has not been long since I learned to pray. The prior difference lay in wanting. The gain I need diminishes pain. I am desperate for money, and I need to think. Beside my sight, the rain addresses all. Look inside yourself to know how you'll die. The rain pours indifference. I have no health insurance, but I've lightning up my spine. The first night I saw Faith, I lost my virginity. Fourteen and ready and afraid of the drugs. I questioned the powder – Faith, Kino named, it's like ecstasy. Hannah pulled me to her room and rubbed it in my gums. The next week at school, I was met with jealousy. Eleven years later, I am desperate for money. My mother was smart, she nursed in oncology. When my father found Faith he was sure to disown me. The lightning abating my time is beyond me. I cannot see and I am desperate for money. When I was 18, I visited Mom. She asked me if I knew a boy named Kino. Mei said she'd pay if I wrote her a film. I need to think, but I look up to the rain. For seven gone years, I was addicted to Faith. I ate it, then snorted, before I found veins. The love of my life said it felt like a dream. She could not see seizing, and left to drive home. When lightning comes, I cannot breathe. It traces my spine and erases my name. The film's in my head, I just need it down. I'm ashamed of the sum, Mei said she would pay. I'm desperate for money, I just want to see. Instead, I look up, and hope to where from. To the hospital, Mom said Kino came. He was nearly your age, I thought you might know him. He said livid pain struck all up his spine, his organs stuck clenching breaths into fists. The idea for the film is on choice length of time. Once written down, I won't be my own. No good use for money, or courage, or time, instead I look up, and encourage the light.

KAMAU BRAITHWAITE (Bridgetown, Barbados, 1930-2020)

FETICHE

os objetos de pau sapê & pedra
relíquias decaídas. estilhaços. o búzio
é uma jornada

que a contemplação restaura, pois nosso tempo
uma vez mais fez remo. osso de fóssil
o fetiche de nosso culto

agora caco
calhau
cascalho

areia
a música inútil do mar
& a disputa

houve uma luta aqui
qual a punho&prego o capim ainda prediz
o corno encouraçado do caranguejo

foi nosso conquistador de antanho
suas costas trincadas
escapolem agora sobre o estanho

raízes aos farrapos
caixas lasca-
das. ruínas:

old harbour
cartagena
tenochtitlan

devastadas

mas fora das ruínas
o capim
imprensa ainda

fora das frestas
arrasta
a grama

fora do silêncio
abriga
o tempo

Tradução de André Capilé

KAMAU BRAITHWAITE (Bridgetown, Barbados, 1930-2020)

FETISH

the objects of wood thatch and stone
decayed relics, splinters. shell
are a journey

contemplation restores them to our time
makes once more the oar. fossil's bone
the fetish our worship

now shard
pebble
shingle

sand
the sea's useless tune
& wrangle

out of the cracks
crawls
green

out of the silence
harbours
time

there was a struggle here
which the spiked fist grass still guesses
the mailed horn of the crab

was our earliest conqueror
its cracked back
now scuttles on tin

torn up roots
broken box-
es. ruins:

old harbour
cartagena
tenochtitlan

ravages

but out of the ruins
grass
still presses

ROMAIN BEAUDOT (Bruxelas, Bélgica, 1996)

ONDE ESTÁS, MELQUISEDEQUE?

onde estás Melquisedeque?
caminhas já por desertos esquecidos?
ergueste a tenda no âmago de um coração puro?
tuas bençãos o pássaro que fala a uma alma desagarrada
percorres ainda as colinas perdidas, os monumentos sagrados
[e os olhos que escrutinam o sacro horizonte?
teu veículo a breve clareira
regando do profundo silêncio as palavras sedentas
quando perco teu rastro a alma vacila em vertigem
pois os cumes de tua luz rápido se estinguem

*

em tuas veredas, vens e vais sempre do mesmo lugar
de polo em polo, fonte em fonte, centro em centro, de rosa em rosa,
[vida em vida
não conheces outros lugares além desta ilha verde?
a carregas em tua mão são seus gérmens que semeias
nas tuas veredas quero andar
como nuvens caminham no vento

*

em minha bússola pra te encontrar
as agulhas viram hastes de incenso
que queimando
sobem ao alto em toda parte
eis a direção que tu indicas
e quando inalo o perfume das árvores da Arábia
sei que o riacho murmura ainda tua passagem
ele que diz
sorva insaciável a rosa
carrega-te de sua leveza
preserva seu ouro
e que a doçura do mel
transforme sua esperança em abnegação

ROMAIN BEAUDOT (Bruxelas, Bélgica, 1996)

OÙ ES-TU MÉLCHISÉDEQ?

où es-tu Mélchisédeq?
marches-tu déjà dans les déserts oubliés
as-tu planté ta tante dans le creux d'un coeur pur
tes bénédictions l'oiseau disant quelques mots à une âme égarée]
arpentes-tu encore les collines perdues, les monuments sacrés et les yeux qui scrutent le saint horizon]
ton véhicule la fugace éclaircie
abreuvant du profond silence les paroles assoiffées
quand je perds ta trace mon âme s'ébranle d'un vertige
car les cimes sans ta lumière s'abîment si vite

*

dans tes chemins, tu viens et tu vas toujours du même endroit
de pôle en pôle, de source en source, de centre en centre, de rose en rose, [de vie en vie
ne connais-tu pas d'autres lieux que cette île verte
la portes-tu dans ta main et sont-ce ses graines que tu sèmes
dans tes chemins je veux marcher
comme les nuages marchent dans le vent

*

sur ma boussole pour te trouver
les aiguilles deviennent des tiges d'encens
qui se consumant
montent vers les combles de tout endroit
voilà la direction que tu indiques
et lorsque je respire le parfum des arbres d'Arabie
je sais alors que le ru murmure encore ton passage
ne dit-il pas
butine intarissable la rose
charge-toi de sa légèreté
conserve son or
et que la douceur du miel
transforme ton espoir en abnégation

*

não foste tu quem prescreveu o vinho
que um copeiro vem entornar
do qual cada gole
acossa as inúteis distâncias
jarro repleno de teu justo amor

*

a pomba
a que na escuridão reluz
a que em seu voo abre espaço sob a asa
a que aprende a paz do céu
te encontras sempre onde esta pomba finda por chegar

Tradução de William Zeytounlian

*

n'est-ce pas toi qui a prescrit le vin
qu'un échanson vient déverser
dont chacune des lampées
chasse les vaines distances
aiguière débordante de ton juste amour

*

la colombe
celle qui dans l'obscurité rayonne
celle qui dans son envol fait de la place sur son aile
celle qui apprend la paix du ciel
te trouves-tu toujours où cette colombe finit par arriver

ANTHONY MCNEILL (Kingston, Jamaica, 1941—1996)

MAÇÃS & ENCRUZILHADAS

1 Ainda não aconteceu
Voar
no desvanecer

2 Se você não quiser ter má sorte no amor
Case com meu poema
Em vez disso

3 Vejo além o futuro mais radiante
O poema que esboço é
Uma corruíra mágica

4 Ofendi-me tão a sério, quanto assumi anos perdidos
Nem ninguém podia me perdoar
Agradeço, adorável outra, cujas cartas a fina-flor são flores de credo

5 É evidente que minha mãe me vê como desviado
Eu subo em palmas e desabo em pés
Meu poema imune no sobrado

6 Quando você vai parar no marmeleiro
Corruíra
do silêncio dos pinheiros

7 Você aparece também no meio da estação das flores
Alô, Anjo
da Morte

8 Estou esboçando este poema para você, amada Anne
Pois a sua norma-carinhosa
Já era

9 É hora de largarmos nossas armas
E partir o pão juntos
Isto é do interesse das estrelas condenadas

10 Deus não tem pai
É por isso
Que o céu é banzul

Tradução de André Capilé

ANTHONY MCNEILL (Kingston, Jamaica, 1941—1996)

APPLES & CROSSES

1 It hasn't yet happened
Wing
on the fade

2 If you want not to be unlucky in love
Marry my poem
Instead

3 I can see beyond the most radiant future
The poem I'm writing's
A magic wren

4 I injured both badly and owned up years late
One couldn't forgive me
Thanks lovely other whose letters are flowers are flowers of faith

5 It's apparent my mother sees me as lost
I ascend in inches and topple in feet
My poem immune at the loft

6 When will you stop in the quince
Wren
From the winter-tree's silence

7 You appear in the middle of springtime as well
Hello Death
Angel

8 I'm writing this poema to you lovely Anne
For your paradigm-caring
Gone

9 It is time for us to lay down our guns
And break bread together
This in the interest of the doomed stars

10 God has no father's
That's why
The sky's blue

DELORES GAUNTLETT (St. Ann, Jamaica, 1949)

ESCREVENDO UM POEMA NA MEDIDA

> *Toma chuva, a algazarra*
> *na cabeça de um doido,*
> *e transforma essa coisa*
> *numa sonata.*
> (Wayne Brown: 'Crítico')

Nada na página tinha sentido.
Estava muito pronta a desistir
de me gastar no decassílabo,
de me sentir um peixe puxado do mar
para a luz do sol escaldante,
quando não-quero-nada-sério é seu xaveco
e um correio do coração me dá trabalho.
Que cada verso deve deslizar na pele,
no sangue, materializado da nuance
de som sobre som, como bate um coração!
Me lanço para dentro da marola,
cruzando a nado a baía de pés jâmbicos:
com uma, duas, três batidas sob a água,
arrastada, arrastada contra a correnteza,
dando uma cambalhota no capote,
vendo a água espalhar-se em minhas mãos,
no chuá do respingo em que cada anapesto bem lento
estende minha ideia para além do mimo.

*

Chame isso música, a buzinaria,
divertindo cedinho de manhã a ideia,
ou subir a ladeira até fechar as contas
andando um metro quando um pé não entra.
Para quem me pergunta
"Qual vantagem se tira disso tudo?"
Eu só posso falar por mim,
descobre aí o que tenho a dizer,
pega na minha mão, me leva por veredas
nas quais posso perder tempo voltando.

Tradução de André Capilé

DELORES GAUNTLETT (St. Ann, Jamaica, 1949)

WRITING A POEM IN METRE

> "Takes rain, the racket
> in a madman's head
> and strains it
> into sonata."
> (Wayne Brown: 'Critic')

Nothing on the page made sense.
I was on the brink of giving up
fretting in pentameter,
feeling like a fish pulled from the sea
into the fierce sunlight,
when your no-fooling-around approach
and a direct heart sent me to work
That each line should slip under the skin,
as in the blood, fleshed out from the nuance
of sound on sound, as in the beat of a heart!
I pushed off into the swell,
swimming across the bay of iambics:
three, four, five beats underwater,
pulling, pulling against the tension,
taking a turn on my back,
watching the water scatter from my hands,
splash, splash, each slow spondee
stretching my thought beyond recollection.

*

Call it the music in the traffic-hiss,
entertaining an early morning thought,
or the climb uphill to the first clearing
to move around in when a foot doesn't fit.
To one who asks
"What's the good of all that?"
I can only speak for me,
that it discovers what I have to say,
takes my hand and leads me down a lane
from which I can take my time returning.

ODILE KENNEL (Bühl, Alemanha, 1967)

MENINAS EXEMPLARES

lembrei-me das *petites filles modèles*
em sua biblioteca rosa graças
a Adília Lopes, com seu vestido
cor salmão já gasto antes da hora,
puído sem querer, rasgado,
com ela o vestido é como Sophie
com seus malheurs, rimando
com pleurs: *jamais, je ne serai bonne*
comme vous. Por que me lembrei
só de Sophie, não das outras, nada
me ligava a ela, não quebrava
boneca alguma por amor porque
não amava bonecas, não as usava
para ensaiar o papel de mamãe. Cassis
não me dava diarrhée, até trevos
comia, acelga. Nunca havia
visto uma raposa, muito menos
com raiva e que mordesse o dedo
de uma criança abjecta. Abjecta,
objecta, dejecta. *Jamais je ne serai*
comme vous. No andar da carruagem
algo descarrilhou, deu errado:
bonecas, verduras, raposas, e não vinha
no texto perante meus olhos, não convinha
essa Sophie, a inconveniente sempre apronta!
Por que o amor levava à destruição, vontade
de comer verduras à diarreia, por que
curiosidade trazia riscos mortais?
Para Sophie havia em seu azar
alguma sorte e salvação: desinfetar
os dedos com água e sal, medicinal
-mente inválido mas eu valida
-mente confusa: como se houvesse
uma história detrás da história,
uma história sem palavras.

ODILE KENNEL (Bühl, Alemanha, 1967)

VORBILDLICHE MÄDCHEN

an die petites filles modèles *in ihrer*
rosa Bibliothek erinnerte ich mich dank
Adília Lopes, die ihr lachsfarbenes
Kleid schon verschleißt vor der Zeit
ohne Absicht zerlöchert, zerreißt
es geht ihr mit dem Kleid
wie Sophie mit ihren malheurs, reimt
auf pleurs: jamais, je ne serai bonne
comme vous. *Warum erinnerte ich mich*
nur an Sophie, nicht an die anderen, nichts
verband mich mit ihr, ich zerstörte
keine Puppen aus Liebe, weil ich Puppen
nicht liebte, mich mit ihnen nicht
einspielte aufs Mamasein. Von zuviel
cassis bekam ich keine diarrhée, aß sogar
Sauerampfer, sauren Klee. Hatte noch nie
einen Fuchs gesehen, schon gar keinen
mit Tollwut, der ein unartiges
Kind in den Finger beißt. Unartig
andersartig abartig. Jamais je ne serai
comme vous. *Etwas im Ablauf*
lief unrund, etwas war ungut
an Puppen, Obst, am Fuchs, war im Text
den ich las, nicht erfasst, war nicht fassbar
unfasslich, diese Sophie, stellt immer was an!
Warum führte Liebe zu Zerstörung, Lust
auf Obst zu Durchfall, warum war
Neugier lebensgefährlich?
Für Sophie in ihrem Unglück gabs
zum Glück Errettung: Desinfizierung
des Fingers in Salzwasser, medizinisch
nicht haltbar, haltbar
meine Verwirrung: als wäre da
eine Geschichte hinter der Geschichte
eine Geschichte ohne Worte.

Essa coisa de palavra era complicada.

Benta essa água pelo sal da terra?
Água bentoxigenada? Aflição
nas caras das beatas à entrada
na igreja, liquefação ao molhar
os dedos na bacia, persignação
constrangida, sentiam-se
flagrados? Minha sensação era
minha falta de transição
entre aflição e alívio,
água benta e corpo,
corpo e confissão
na minha primeira comunhão.
Eu havia sem querer quebrado
o brinquedo da minha irmã,
ta faute, ma faute, e o escondido
embaixo da cama. Deus
monitora brinquedos?

Essa coisa de culpa era complicada.

Qual era a conexão
entre corpo e estar de castigo
que minha mãe impunha
por conta de botas-água-abaixo,
volta-pra-casa-depois-da-hora, por conta
de eu-já-nem-sei-mais-o-quê,
prisão domiciliar, grampeada à grade,
corps en arrêt, arrêt de cœur,
sempre fora, nunca dentro, o coração
essa coisa selvagem, sempre em movimento,
jamais atenta, debruçada sobre cartilhas,
sobre bonecas, jamais em paz
ou só em paz nos livros,
na fuga em histórias imaginárias.

Das mit den Worten war kompliziert.

War das Salzwasser Weihwasser?
Wehwasser? Schmerz auf den Gesichtern
der Gläubigen beim Betreten
der Kirche, Schmelzen beim Tauchen
der Finger ins Becken, verschämtes
Kreuzzeichen, fühlten sie sich
ertappt? Ich fühlte, mir fehlte
ein Bindeglied zwischen
Schmerz und Erleichterung
Weihwasser und Körper
Körper und Beichte
vor meiner ersten Kommunion.
Ich hatte ohne Absicht das Spielzeug
meiner Schwester zerstört
ta faute, ma faute, das Spielzeug
unterm Bett versteckt. Interessierte
Gott sich für Spielzeug?

Das mit der Schuld war kompliziert.

Was war der Zusammenhang
zwischen Körper und Hausarrest
den meine Mutter verhängte wegen
Stiefel-unter-Wasser, Zu-spät-
nach-Hause-Kommen, wegen
Ich-weiß-nicht-mehr-was
Haushaft, ans Haus geheftet
corps en arrêt, arrêt de cœur
immer draußen, nicht drin, das Herz
ein rasend Ding, immer in Bewegung
nicht konzentriert übers Schulheft
gebeugt, nicht über Puppen, nicht
in Ruhe, oder nur Ruhe im Buch
im Ausweichen in Geschichten.

Qual era a conexão entre
castigo materno e divino
com suas bonecas, suas verduras,
suas raposas? Por que punir
por molhar botas, esquecer-se
da hora? Não se dirigiam
contra minha mãe, como as bêtises
de Sophie não eram contra Deus.
Pergunto-me hoje, o problema
era o autoesquecimento,
o matresquecimento, ou
era meu corpo – que se preenchia,
que se evadia, que maturava?
Que pela primeira vez
atinava para si mesma, se tocava,
sapeca, mas que cereja cheia!

Essa coisa de castigo era complicada.

Mesmo assim meu corpo queria
um fazer-parte, como o corpo
de Madeleine e Camille,
dos quais me lembro graças
à Internet, mas o custo
seria a descaso do corpo
que deixaria de me pertencer.
Me rebelava, não queria jogar nesse time!
Desdém que eu dedicava às meninas
que sem esforço cooperavam,
faziam-se ridículas por seu amor
a coisas delicadas, praticando
o vocabulário da mãe, sonhando
com balés. Não queria, queria,
não queria ser como elas, bem-me-quero,
mal-me-quero, *un peu, beaucoup*
à la folie.

Was war der Zusammenhang zwischen
Hausarrest und der Strafe Gottes
mit seinen Puppen, seinem Obst
seinen Füchsen? Warum Strafe
für nasse Stiefel, Vergessen
von Zeit? Richtete sich ja nicht
gegen meine Mutter, so wenig
wie Sophies bêtises *gegen Gott.*
Frage mich heute, ging es
ums selbstvergessene
Muttervergessen oder
um meinen raumgreifenden
ausschweifenden
heranreifenden Körper?
Der sich erstmals erfasste, sich
anfasste, was für ein Früchtchen!

Das mit der Strafe war kompliziert.

Dabei wollte mein Körper
dazugehören wie die Körper
von Madeleine und Camille
an die ich mich dank
Internet erinnere, aber der Preis
wäre die Preisgabe des Körpers
der mir dann nicht mehr gehörte.
Empörte mich, ich spiel nicht mit!
Verachtung, mit der ich die Mädchen
bedachte, die in meinen Augen
mühelos mitmachten, sich
lächerlich machten mit ihrer Liebe
für niedliche Dinge, die Sprache
der Mütter übten und träumten
von Ballett. Wollte nicht, wollte
wollte nicht sein wie sie, liebt mich
liebt mich nicht, un peu, beaucoup
à la folie.

De volta a Sophie: ela se casou no fim
não com Paul, o primo que a entendia
e defendia, mas com o amigo dele.
Por que se casou afinal, os cabelos
coupés court como um garoto? Ninguém
além de mim percebia a inconsistência
entre comportamento e meta,
cumplicidade e prontidão
para o noivado? Por que outras
meninas brincavam de esposa, mãe?
Por que queria filhos a sapatinha
toda machinho, amiga da família?
Por que no poema de Adília Lopes
João chama Sofia de Safio?

Essa coisa de ser menina era complicada.

E por que a Madame de Fleurville
vivia com a Madame de Rosbourg?
Por que esses nomes todos floreados?
Por que era rosa a coleção de livros?
Por que era salmão o vestido de Adília Lopes?
E por que a filha da boneca da irmã
mais nova de Adília Lopes no fim do poema
cai no poço?

(Na verdade nem havia
raposa na história, só um cachorro
caramelo que mordia o cachorro
de Marguerite, mão da própria
Marguerite ao acudir seu cachorro)

(até de Marguerite eu havia me esquecido)

(Essa coisa de memória é complicada)

Tradução de Ricardo Domeneck

Zurück zu Sophie: sie heiratet am Ende
nicht Paul, den Cousin, der sie versteht
und verteidigt, sondern dessen Freund.
Warum heiratet sie überhaupt, die Haare
coupés court *wie ein Junge? Bemerkte*
niemand außer mir das Missverhältnis
zwischen Verhalten und Ziel
Komplizinnenschaft und Bereitschaft
zum Brautsein? Warum spielten
andere Mädchen Ehefrau, Mutter?
Warum wollte die burschikose
Freundin der Familie Kinder?
Warum nennt João in Adília Lopes
Gedicht Sofia Safio?

Das mit dem Mädchensein war kompliziert.

Und warum lebten Madame de Fleurville
und Madame de Rosbourg zusammen?
Warum all diese Blumennamen?
Warum war die Jugendbuchreihe rosa?
Warum Adília Lopes Kleid lachsfarben?
Und warum fällt die Tochter
der Puppe von Adília Lopes jüngerer
Schwester am Ende des Gedichts
in den Brunnen?

(in Wirklichkeit war kein
Fuchs in der Geschichte, nur ein gelber
Hund, der Marguerites Hund biss und
Marguerite, die ihrem Hund mit der Hand
beistand in die Hand)

(auch Marguerite hatte ich vergessen)

(Das mit der Erinnerung ist kompliziert)

FEDERICO CASTOLDI (Bergamo, Itália, 1995)

"le visioni arriveranno improvvise ed impensabili"
Franco Battiato

Ele passa tempo no campo
sua caminhada é na ponta dos pés
a campina é seu espelho ele diz
"essa casa é meu oráculo"

vive do ritmo das vinhas
ele sobe nos galhos do chuvaréu
que já foi o mar e não a tempestade
agora a noite espelha grilos na campina
caramujos arrastam-se hesitantes
girinos dormem em sua alegria caudada

tudo se reflete na noite do campo

Tradução de Ricardo Domeneck

FEDERICO CASTOLDI (Bergamo, Itália, 1995)

"le visioni arriveranno improvvise ed impensabili"
Franco Battiato

Ci passa il tempo sul campo
cammina in punta di piedi
si specchia nel prato dice
"questa casa è il mio oracolo"

vive del ritmo delle viti
s'inerpica sui rami dei temporali
qui una volta era il mare e non la tempesta
ora la notte si specchiano i grilli nel prato
si trascinano le lumache indecise
dormono i girini nel loro tripudio di code

tutto si riflette nella notte del campo.

pei
xe

REGINA GUIMARÃES

O BOM CONDUTOR

Dói-me um filho
que me esfriou entre as pernas
um filho não sei bem se meu
mas teu de absoluta certeza.

Dói-me o frio.
Existe,
inerte e tiritante o venho a descobrir,
uma porta que dá para uma porta maior
e assim por aí adentro.
Até a porta ser o cosmos
e toda a angústia de quem lá bate ou toca
estar condenada a ser cómica.
Trémula.

Dói-me um filho na hora de o inconceber
e de olhar com mais desolação do que jamais
por mim abaixo.
Dói-me tanto que procuro palavras
poucas mas justas como certas saias curtas
e certas blusas floridas.

Passado um tempo sem mangas nem cintura
o meu corpo dá-se finalmente ao desprezo
torna-me invisível e capaz de ir ao fundo
torna-se carne da longa frase
que ainda mora no mundo.

ORLANDO PAROLINI

POEMAS DA BOMBA

1.

uma bomba é uma bomba
nada mais, aleluia.

flor de aço não despetalada
e fogo e cinza e o poder
de luz queimando nossa carne
em fel em ferro
estrôncio-90 plutônio
no cerne oculto, aleluia.

morreremos todos
na garganta surda voz
para o protesto
ao vê-la desabrochar em cogumelo

(antífona)

caiu do céu a brasa
e nos queimou,
em silêncio repousam corpos calcinados,
aleluia.

2.

de fogo e ferro, miserere,
cinzas cairão sobre as cabeças
e os infantes que jogavam tênis
elásticos permanecerão em meio às trevas

de fogo e ferro, miserere,
as amadas gritando para os altares
onde os deuses despidos de autoridade
sorrirão de nosso medo
enquanto os jarros de flores plásticas
se transpiram em gasolina

de fogo e ferro, miserere,
os ventres cheios das mulheres
se derramam em prematuros
os homens mecanicamente se devoram,
miserere

3.

aleluia,
geração perdida,
eu e tu, amanhã morreremos
quando o sol brilhar no céu de agora
nossos sexos ficarão queimados
e a juventude envelhecida.

de borracha as pernas escorregam das janelas
nos altos prédios 30 andares
apartamentos se fecham para os cadáveres
de nosso tempo, aleluia.

neste momento,
ousaremos cantar a flor,
geração perdida,
a de fumaça única entre nuvens
inculta e não plantada

(antífona)

amigos meus,
não temos culpa de estarmos vivos
se o rei não apodreceu
dormindo no seu trono

4.

a rainha de vestido transparente
a todos mostrava o seio
e dançando o ventre oferecia
coberto de misérias
em benefício da paz universal

5.

plúmbea flor oculta no subterrâneo
o grito oferece ao desespero
e medo prenuncia chaga viva
dos gases liquefeitos, aleluia
eletrônicos morreremos
que assim foi exigido
as amadas morrem de mãos pendidas
ocultando o sexo de outras eras
que este é o tempo artificial, aleluia

ah, pássaro ferro chumbo TNT
caia sobre nós neste momento
os cabelos queime a estesia nos revele
de teu abrir-se em voo mercúrio sol
que os olhos temos de vitral para o relâmpago
inconsútil epiderme para o rasgar-se
aleluia

6.

de poeira o manto estende
as pernas correm para o abismo
asfalto
asfalto
asfalto
bomba de cobalto plutônio argônio
90 vezes a luz se derramando
nossas cartilagens

tocha de petróleo nos altares
rosa mística
o rei ausente repousa nas cocheiras
os cavalos dançam mastigando as almofadas
de puro náilon

as portas se fecharam dos apartamentos
cadáveres no sofá
geladeiras enferrujadas
um leve odor de sêmen flutua entre bonecas

7.

(fragmentos da fala do Rei)

– mulheres vi dançando nuas
no momento último de ocultar-se
subterraneamente
ao despertar da Tenebrosa

– eu estava só – não chorei
de olhos arrancar dos nascituros
dos jovens corromper em minha espera
aleluia

(da roupa nos despiram
o sexo nos tiraram)

– de gritar o gesto surpreendi
a voz cortei-lhes com fumaça
cadáveres coloquei nos abrigos antiaéreos
aleluia

(e mortos lá ficamos
unidos e sem protesto)

8.

uma bomba é uma bomba
nada mais
e contra ela não há remédio
ou solução
rosa viva eletrônica
ígnea pura flutuando, aleluia

sol oculto, lua agora refratária
de abrir-se em chuva nós veremos
glória nas alturas anjos degolados
furor e fogo
horrenda náusea da boca exalar
gases de neon
os olhos oferecer às formigas devoradoras

silêncio
que elétrico cai o pássaro
e às cinzas nos revela
aleluia

9.

tempo virá dos braços arrancar
asas cortar dos anjos rebelados
que assim o Rei ordena
e nós obedecemos

na espera
tenebrosa oculta de plutônio
o medo nos transforma em cafajestes
– que a hora é próxima, mas não chega,
a vida se concentra em dois minutos
de perder-se e não amar

ah, geração perdida,
lágrimas nos cabelos dos amigos
cantando o cigarro apagaremos
no seio das amadas
de nós agora já esquecidas
e pouco importa flores plásticas colocar sobre as janelas

10.

na rua augusta vi meninas nuas
os amigos devorando as mal amadas
na pressa de correr e de chegar
antes do tempo e sua manifestação

de borracha as mãos se tateavam
à procura de si,
os deuses corrompidos entre copos de uísque
nossos crimes relatavam em sumário julgamento

(alguém houve que se despindo
ao Rei mostrou o sexo de cristal
condenado foi a 100 anos de prisão)

na rua augusta os cavalos pastam os cartazes cinematográficos

os heróis repousam nas almofadas
apodrecidos
nas calçadas nós gritamos os crimes cometidos

eis o tempo dos assassinos

11.

eis a bomba
de hidrogênio de plutônio
de fogo atômico para nossa pele
se fora esponja ou pluma
o infante agora em seu berço
o lírio nas mãos repousaria

eis a bomba
o segredo de rasgar-se em pétalas
entre nuvens derramar as cinzas
e o guarda-chuva abrir-se para o nada

eis a bomba, senhores,
para o vosso reconhecimento
e a certeza de algum dia
no próprio corpo possuí-la

12.

de borracha escorregamos pelo asfalto
entre gritos de sirenes mensagens planetárias

só o relógio marca a hora inacabada
o tempo de voar, o tempo de morrer,
aleluia

somos frágeis, certamente,
a paz jamais teremos em nossa mesa
onde um peixe se humilha por estar vivo
e nada oferecer à fome canibal

de nós será agora o despojar-se
o corpo encomendar ao fogo dos altares
e nada receber, aleluia

a náusea roendo nosso estômago
cancerosamente

13.

(canto bíblico)

na fornalha ardente
cantaremos salmos
com os 3 adolescentes

na fornalha ardente
os infantes se queimarão
com os 3 adolescentes

na fornalha ardente
a besta foi jogada
com os 3 adolescentes

na fornalha ardente
entre patas de cavalos
as moças despojadas
com os 3 adolescentes

na fornalha ardente
plutônio argônio hidrogênio
para os 3 adolescentes

....

o Rei desceu do trono
olhou pelo buraco –
tudo era bom, segundo a própria lei,
aleluia

14.

nos corredores dos apartamentos
cavalos pisam lírios
por nós mesmos arrancados
e as crianças que brincavam no terraço
são lançadas para o alto
bolas de elástico

janelas fechadas – portas trancadas
rapazes despidos dormindo nos tapetes
moças embriagadas

o tempo existe para perder-se
unicamente

dai-nos a mão
pouco importa os crimes não perdoar
antes do fim

nós estamos sós,
ao Rei não chega a surda voz

15.

na rua augusta cavalos pastam nos cartazes
[cinematográficos
de nudez total
gângsteres policiais

pela calçada se despejam sonolências
canibais que se evolam em motonetas
dilaceradas

não há solução, amigos
poderemos entrar pelas portas laterais
de desejarmos
cigarros atirar pelas janelas
sozinhos morrer entre automóveis carbonizados
sinal da Redentora

(na rua augusta os bares estão fechados
as camisas penduramos coloridas e mofadas
é proibido fumar
é proibido beber
é proibido amar
é proibido tocar nos objetos
é proibido
é proibido
é proibido

16.

na rua augusta os cavalos pastam lírios
serenamente
sob o sol elétrico de cartazes cinematográficos
e pássaros caem aos nossos pés
anjos naufragados

deuses não seremos, ó selvagens,
as crianças morrem sobre almofadas

eis do alto a Tenebrosa
nos chamando para a messe

MIGUEL MARTINS

[COMO UMA AVE OBRIGADA A ATRAVESSAR UM OCEANO SEM ILHAS]

Como uma ave obrigada a atravessar um oceano sem ilhas,
um oceano demasiado largo para o seu peito de ave talhada apenas para o canto,
assim o nosso amor caiu exausto entre a miragem azul e a turbulência incerta.

Por vezes, contemplando a crista branca das pequenas ondas que querem tocar a areia,
julgo divisar numa delas a fina e frágil penugem dessa ave só voz
e avanço uma mão ao seu encontro, ínfima esperança num estertor de luz,
reencontro com a memória dos dias que vivemos entre paredes de vento.

Mas a pequena onda desfaz-se antes de me alcançar os dedos,
funde-se com toda a água do mundo – demasiada para que se não perca
no inominável abismo sem princípio nem fim a que chamamos tempo.

Porém, dessa pequena onda, dessa pequena ave, fica a música,
uma nítida nota solitária que soa inconfundível por entre o turbilhão.
E há muito sei que só a música nos pode salvar. Só ela nos aguarda indefinidamente.

EDERVAL FERNANDES

ORIDES

O cenário do *Jô Onze e Meia* é quase todo azul.
Há um detalhe vermelho nas cadeiras
e amarelo na mesa daquele que entrevista.

Jô veste um smoking preto.
Sua gravata borboleta preta se faz notar
em contraste à camisa sob o smoking.

Orides tem, por sua vez, um vestido preto
com pequenos detalhes brancos.
Não são formas regulares,

são como manchas brancas ao longo do tecido.
Ela usa também uma meia-calça preta
algo transparente. E invisíveis grampos no cabelo.

Uma bengala cor de mogno repousa
sob sua mão direita (onde a escrita canta).
Há um exemplar de *Teia* em sua mão

esquerda, que é esguia como uma feroz
garra de passarinho. Jô pede
para a convidada ocupar a cadeira que tem vermelho.

Orides se levanta do assento onde repousava.
Com o auxílio da bengala cor de mogno
caminha até Jô, que a espera no centro

esquerdo do cenário. Dão-se um beijo
em cada um dos lados do rosto
e seguem, cada um, ao lugar pertinente.

Orides, à cadeira com vermelho;
Jô, à cadeira preta de âncora televisivo.
A poeta vai falar em cadeia nacional.

O primeiro comentário de ambos tem a ver com a palavra
poetisa. Entrevistada e entrevistador concordam:
a forma com que esta palavra é usada

serve mais para desprestigiar a poesia
escrita por mulheres diante da poesia
escrita por homens, os poetas…

Orides não gosta de como a sociedade
usa a palavra poetisa.
Jô, no seguimento deste comentário,

pergunta (afirmando, de certa forma):
até porque poeta não tem sexo, não é verdade?
O poeta tem sim. A poesia é que não tem.

Jô ri – boa parte da plateia ri
– Orides faz as pessoas concordarem.
Logo em seguida, mencionando

a qualidade da poesia dela,
Jô traz a questão:
Apesar da qualidade da sua poesia,

Orides,
você não tem onde morar?

Orides, portanto, fala na televisão: isto não é um problema
pessoal – ela (Orides) não ter um teto para viver
– mas social

muito comum, infelizmente.
Não estou falando por mim. Estou falando
pela minha classe, a das professoras primárias.

Os salários são baixíssimos,
sobretudo para aquelas que, como eu,
já se aposentaram.

> Infelizmente é necessário que Orides
> busque um trabalho cujo ordenado possa suplementar
> de maneira satisfatória a sua aposentadoria.

Como professora, escritora, etc…
Só não como faxineira
porque nunca fui boa dona de casa.

> Além de poeta, não sei ser quase mais nada.
> Sei escrever, mas pelo visto já não serve tanto.
> O intelectual pobre está numa dificuldade tremenda.

Orides começou a escrever poesia aos 7 anos.
Espécie de trabalho infantil. Assim que conseguiu, aliás,
ter coordenação para escrever. As crianças iam à fábrica

> tão logo começassem a andar. Jô pergunta: seu pai era o quê?
> Meu pai era operário, e analfabeto ainda!
> No poema "Herança", Orides enumera

o que o pai lhe deixara:
um martelo, um alicate,
um torquês e uma flauta.

> O pai analfabeto deixou-lhe ferramentas
> e instrumentos musicais (um, ao menos).
> Da linguagem só acessou o som (o sentido, o canto, a música)

Com as mãos construiu sua vida (Orides
uma vez escreveu: A vida é que nos tem: nada mais
temos)

> e com as palavras teve relação não-visual: sonora
> apenas. Espécie de pássaro operário, como a filha. Mas
> de outra forma. Heranças… Flauta e torquês.

Mas Jô Soares ainda tem o que perguntar. Voltam à situação
da professora primária. Jô pergunta
se sempre foi assim, ruim. Orides nega.

Ela disse que, no início, recebia bem. Depois é que
começou a "proletarização" (no que se compreende
que o que houve, fatalmente, foi a precarização).

Jô pergunta a Orides se ela não acha que o problema
dos professores primários
não é de nível estrutural (Federal, portanto)

e não governamental (leia-se: do Estado de São Paulo,
do então Governo Covas). Se houvesse boa vontade política,
tudo se resolveria, ela responde.

O Brasil até hoje não saiu do esquema
senhor e escravo. Só vai mudar
quando o próprio povo

acordar e lutar por uma mudança real.
Jô: temos aqui uma opinião de bolchevique!
A plateia bate palmas! A poeta, sentada na cadeira vermelha

fala aos telespectadores. Jô muda o tópico.
Agora é o nome de poeta
que tem Orides. Ela concorda

que seu nome tem algo
de musical
e, portanto, de poeta.

Minha mãe leu isto numa revista,
achou bonito e lascou em mim.
O nome é anterior à vida,

a poeta escreveu em "João",
que fala de nomes que dão a pássaros e operários
Ser poeta "também" é ter bom ouvido

para a língua, afirma Orides. Baudelaire escreveu
que o poeta, pássaro exilado no chão, rasteja
suas asas em meio à turba obscura, a vida de todos.

Quem não tem um bom ouvido para a língua
não dá para ser um bom poeta, diz Orides na televisão.
Quanta energia não é movimentada (no centro

da cinzentude do dia ordinário irrompe um opaco
clarão fatal, um canto, um grito, um tudo total de ases)
para pôr vida à imagem: uma senhora poeta

e professora primária aposentada,
sentada numa cadeira vermelha (sangue de um,
poesia de todos), televisionando sua revolução.

MARGARIDA VALE DE GATO

A PARTIR DE "UM INVEJÁVEL LUGAR"

a mãe que castigava por igual
perdoava a diferença

quanto mais imensa a mãe
e a mão tremendo
menos pesaria o mundo
entregue aos meus pensamentos

(Regina Guimarães)

Uma qualquer mulher
ainda não plena
sujeita poética
tem de encarar a mãe
e libertá-la de Electra

Passa-se a tragédia
entre fêmeas e atenas
mestiças, metecas, por regra
e o regresso secreto
do recalcado Orestes
é um fresco de batalha
numa parede:
soldados e marionetes.

Filha, não vês
que erro na revolução
são os braços de ferro
com todos mortos
todos maus ou ambos
no chão
a glória um banho
de sangue onde não
se salva um órfão...

As sujeitas poéticas
gostariam de figurar
no retrato da história
brandindo muito os braços
como moinhos brancos
de trigo mouro

As sujeitas da história,
quando filhas
das sujeitas poéticas,
desarmam
a léguas a redondilha
dialética. Assim é difícil
desencaminhá-las
da desproporção entre
as cheias leviatânicas
e a beleza das ideias

Penso nisto quando elas
tomadas de causa
iradas contra a caldeira
da casa dos átridas
bloqueiam as artérias
da cidade
sob a ira das quadrigas

e penso em quando o petróleo
era como no Dallas:
brincava com o meu irmão
aos americanos e árabes
na idade do dólar
das séries
na inocência climática
da ciência
do dolo das espécies

Ocasionalmente com uma fronha
e uma bandelete a fazer
de *hijab*, o meu irmão
punha-me num lugar
de dependência.
E a mãe,
chamada pelo arraial,
franzia-se com a querela
e inflexível dobrava
a chinela por igual

perdoando a diferença
é difícil também
ver as filhas como rés
na nossa vez

Uma mulher obscuramente
filha é uma mãe aflitamente
mãe

FELIPE G. A. MOREIRA

NÓS CAVALGAMOS NAS COSTAS DOS PTERODÁTILOS

, esses que, há bem pouco eram os fósseis
nos muitos vários sítios arqueológicos
de São Paulo, agora voltaram; são
os geneticamente adulterados
deuses de uma guerra que sempre é mais
e mais tecnológica a cada ano
que passa na gloriosa guerra nossa;
ao voarem conosco são ainda mais partes
do nosso próprio corpo sobrevoando
a Avenida Esmeralda, onde nós, nós
somos os milhões de soldados do
Exército do Bom
Santo Cristo Vermelho;
na parada militar causam grande
e até incomensurável comoção
no nosso lindo povo de maRília
que celebra a nossa última vitória;
faz tão poucos dias, ó tão poucos dias,
que sambamos no monumento de onze
de setembro, redefinimos toda
sorte de conceitos como "inocente",
"liberdade", "nigger", "humor", "distúrbio
alimentar"..., nós queimamos os teatros
da Broadway, bombardeamos a Time Square,
e a maçã podre da velha Nova Iorque
caiu feito a maçã podre qualquer cai;
super fantástico pterodátilo
o mundo fica bem mais divertido,
nosso povo canta, quando nós, nós

somos os deuses; "nós somos os deuses"
é verdadeiro se e somente se:
nós expressamos o mais singular
e o mais comunitário de nós à la
tomamos heroína e isso é servir nosso
povo feito o limpador de banheiro
mais bem disciplinado de maRília
serve; reconhecemos a pessoa;
não ignoramos a existência dos outros;
praticamos a não-violência, mesmo
quando a vida pulsa nas veias, pulsa,
nas bocas, nos e entre os dentes, onde os
restos dos incontáveis corpos mortos
dos imperialistas, os de vanguarda,
ainda estão lá bem presos entre os dentes
dos nossos pterodátilos em
cujas costas cavalgamos nós, os
agentes do fim dos impérios todos;
e/ou — nos questionamos — criadores de um
império ainda mais vanguardista do
que o mui vanguardista anglo-americano
quando meu nome próprio, afinal, é
ainda Luis de Camões, um poeta, agente
de um império neo-luso que celebra
nossas façanhas de pterodátilos
à la essas fossem de Vasco da Gama.

JEANNE CALLEGARI

LONG AGO TOMORROW

foi em 1742, um pouco
antes das guerras púnicas.
foi no milênio cinco antes de cristo,
há vinte anos, nos anos oitenta.
foi na semana passada. foi quando
o par de óculos ficou obsoleto,
compulsando a permuta
por lentes para ver de perto.
foi na fase amarela, a ubiquidade
da jaqueta, na fase vermelha,
tecido sangue, as lãs, o batom.
especialmente o batom.
foi ontem. parece que foi ontem.
foi quando diziam – é tão raro
um ruivo natural como o seu,
apenas 3% da população, e eu
sabia exato o preço da tintura. foi
numa quarta de chuva. na troca
de faixa para a jade, para a vermelha.
na obtenção do terceiro grau
da faixa preta. foi no tempo
dos cigarros mentolados,
no tempo sem cigarros, no tempo
do câncer. no tempo do medo do câncer.
foi quando não nos falávamos, aqueles
meses alongados, antes da volta,
depois da queda. foi na inauguração
da guilhotina na revolução francesa.
no dia da invenção da américa.
na estreia da peste nos cinemas.
foi antes. foi há tanto tempo.
foi amanhã.

MARIA DO CARMO FERREIRA

DE CE PAS

Palavras de pouca monta.
La reine Guenièvre ronda
demandas de Santo Graal.

Entre Arthur e Lancelot
refega a mesa redonda
mesa de falaço. E pau.

(Mahogany mil-a-grosa
viveiro de brasas lobas
assopradas no avental

de mogorim fez-se rosa:
senhor mi branca-vermelha
soñando pies-de-frijol)

Palavras à queima-roupa:
liberdade em roupa nova
abre as aspas sobre nós!

Peita de bananas d'ouro
nuvens negras peito-roxo
os papa-arrozes curiós.

(Guerrilheira entre pelegos
por luminosos senderos
desde a América Central

a golpes crus de machado
dilacerada en sus trompas
dois dedos de cada ir//mão)

Rebusnos. Rebuços. Rébus.
500 mãos. Vinte folhas
resedando em seus cuarós.

Roda o carrossel medonho.
Mogno é madeira-móvel
nos nobiliarcos gerais.

(Palavras, não, oxímoros
nos topos da cordilheira.
Andes. Imóvel arrebol.

Aquário. Acaju. Caoba.
Araputanga, onde moitas
lambendo estátuas de sal)

....

Release de rainha louca:
UBI TROIA FUIT, rofos
signos em curaçau.

DANIEL FRANCOY

TODOS OS MEUS POEMAS SE PASSAM NUMA ÚNICA CIDADE

Todos os meus poemas se passam numa única cidade
e sei que há poetas ainda mais pobres:
todos os seus poemas se passam num único bairro
e, se a quem lê parece pouco, sei de poetas
cujos poemas se passam numa única esquina
e ainda assim é possível ter menos:
todos os poemas se passam numa única esquina
e repetem sempre o mesmo instante.

Um único jardim, uma única sombra, uma única
ternura, um único massacre, um único almoço,
uma única noite insone, uma única ausência
(ainda que seja a do próprio poeta).
À sombra de tudo isso pode surgir
a produção poética de uma vida inteira
e não falo de poetas que racionam
cada verso com o medo do desperdício.

Todos os meus poemas se passam numa única cidade
e por isso não sou diferente dos poetas
de um único rio seco, de uma única ideia
de mar e de regresso, e que decantam a escassez
(o próprio ódio, a própria revolta)
até que algo nasça.

PEDRO SPIGOLON

[MAS O ROSTO]

mas o rosto
pouco a pouco se dissolve
no abismo da memória
rosto feito de areia
matéria vã líquida
rosto feito de água

e a memória pouco a pouco
é uma caixa vazia
mar espesso e denso matéria vã
que a tudo devora
bicho afogado no esquecimento

e o rosto antes nítido e sonoro
rosto intacto verossímil real
se apaga como o fim de um grito
grito sonoro e mudo
abafado pelo tempo matéria vã
num gesto violento e primitivo
como tocado pela morte

de todas as coisas
a violência é a mais antiga
a violência com sua tocha acesa
marchando pela escuridão da memória
abrindo caminho através do rosto
rosto que pouco a pouco
se apaga matéria vã
feito de areia memória

e o rosto é uma invenção perfeita
em que todas as coisas luminosas
se agarram
uma invenção real e repetida
tristemente evocada como sinal do fim
invenção inútil
moldada pelo gesto brutal do tempo
marchando em direção à casa em chamas

o rosto é imenso rosto atlântico
esculpido dentro da noite quente
dentro da boca aberta fechada
boca com seu buraco eterno
de onde todas as palavras fogem
em direção ao esquecimento matéria vã
grito sonoro e mudo
grito nascido do interior da noite
onde todas as coisas se apagam
e inventam um rosto já esquecido
um rosto imenso marítimo feito de pó
vazio e impuro como a memória
matéria vã

MATHEUS GUMÉNIN BARRETO

JOÃO, VI, 56 (DE "MINIATURAS BÍBLICAS, CONTRABÍBLICAS, ANTIBÍBLICAS")

Quem come minha fome:
quem bebe meu sexo e as tardes de meus olhos:
permanece em mim
e eu nele.

Quem come minha fome:
quem bebe meu sexo e as tardes de meus olhos:
permanece em mim
e eu nele.

Quem come minha fome:
quem bebe meu sexo e as tardes de meus olhos:
permanece em mim
e eu nele.

EGA REAL

EXPEDIÇÃO PARA VER A LULA-VAMPIRA

Está de cabeça para baixo, afivelado no varal
O conto videográfico do Pirata de Mombasa.
A água rasa e transparente é a cama do seu barco,
Um emblema surreal dança nas suas velas.
Tatuagens por fazer, a pele aberta à espera
Como canções de nossos amores por gravarem-se.

As tetas da Ave de Rapina estão cheias e pulsam
E de sede hoje a uníssona espinha, esse mastro, chora bem.

Assistam-me descer, por mim torcendo, enquanto
Eu entro no abismo para ordenhar esse alento.
Na cabine, ao leme, na proa dos marujos malucos há
Fendas e dentes ainda não vistos nas campinas abertas.
Eu vos coroei com todos os chapéus que pude imaginar
E recusei forjar imunologias pulmonares – Desci mais.

Com um toque muito leve as rapinas tetas já explodem;
Esguicham metade delas leite branco e o resto tinta preta.
Ali abana a tela de vidro, elástico, onde passa o filme
E da torre as canções são cantadas do traseiro para a frente.
Um coquetel com as gotas doces do suor de abdómen
Mais o sal do mar temperado com a luz dos plânctons.
Nós, os Aliados, brindamos quebrando taças no mastro,
Juntamos com as mãos os cacos e deles fazemos aparelhos.

Bebemos da mistura infranatural cujo hálito insufla bolhas
E, golfando simultâneos, vemos: aqui o Golfo Cefalópode.
It's upside down, clasped to the clothesline
The videographic tale of the Mombasa Pirate.
Shallow, transparent water is bed to your boat,
A surreal emblem dances on your sails.
Tattoos to be made, the open skin awaits
Like chants of our loved ones yet to be recorded.

The tits of the Bird of Prey are full and pulsate
And of thirst today the unison spine, this mast, well cries.

Watch me go down, for me cheering, while
I enter the Abyss to milk this breath.
In the cabin, at the helm, on the nutjob-gob's bow are
Rifts and fangs never seen in the open prairies.
I crowned you all with all the hats I could imagine
And refused to forge pulmonary immunologies — I dove deeper.

With the lightest touch the tits-of-prey already explode
And they squirt, half of them white milk, the rest black ink.

There it waves, elastic, the glass screen where the film is shown
And from the watchtower the chants are sang bassackwards.
A cocktail made of sugary sweat drops from abdomens
Plus sea salt seasoned with the planktons' glow.
We, the Allies, toast by smashing our cups on the mast,
Hand-collect the broken glass and from it we make apparatuses.

We drink from the infranatural mixture whose breath blows bubbles
And, simultaneously spitting up, we see: here the Cephalopod Gulf.

MÁRIO LOFF

INSTRUÇÕES

os homens deveriam só fazer menções a certas coisas de mulher.
e as mulheres só queixarem-se de menstruações, como a sua dor oficial,
coisa mais sem luxo e, com cor de estação de sangue,
só sai sangue nas mulheres, deveria ser assim,

nos lugares de nascença dos corpos e toda a magia do mundo.
os homens deveriam gritar quando passa uma barata com berros de afrontas
e que elas sorriam como se fossem tontas.

o homem antes de ser homem, deveria sentir-se mulher.
para não dar. nem no calor e frio.
nem oferecer o fogo da boca, dedos e punho.
sobretudo, quando os dois fechem alguma coisa.
pode ser, um grande abraço ou aperto de mão.
talvez quarto escuro,
onde se fazem coisas rápidas, que duram nas nossas semelhanças.

mulheres têm de cair na tentação de trocarem tacão alto,
pela atenção de um grande homem sem medida
grande suficiente no amor e pregação das instruções e afazeres.
que tenha duas grandes palmas da mão com traduções e riscas em letras garrafais
para juntar as suas letras e retalhos na tradução da velhice,

antes terá de agarrar os filhos e a mulher por ambos os lados do sentimento!

até que sejam separados pelo coração da terra,
sem esquecer que nascer é um caso profundo e molhado,
cumprido, demorado e feliz.
elas sentem a dor do espanto e da continuação. homens não.

ANA MARTA CATTANI

ESCAPARATE

Deposita-se a noiva
na bacia de alumínio.
Sal. Esfregação. Enxofre.
Enxagua-se.
Nódoas. Esfregação.
Mais rápido!
Algumas células mortas.
Não é melhor quarar?
Estica-se bem o corpo
sobre o quaradouro.
Quantos dias assim?
Sol. Sol. Sol. Ácido
sulfúrico. Enxágue final.
Coloca na máquina
pra centrifugar. Checagem:
todos os excessos foram extirpados.
Deita-se a ossada sob o sol –

o vapor conservado *in* escaparate.

MÁRCIO JUNQUEIRA

UMA PARTIDA COM MARIA GABRIELA LLANSOL

foi necessário atravessar mil e duzentos quilômetros
equilibrando uma casa no quadril
e passar muitos dias
construindo, com disciplina,
o silêncio em torno aos acontecimentos
para entender o que ela tentava me dizer
quando dizia
"onde está o princípio do nosso encontro?"
sem saber
era o que eu vinha tentando responder
enquanto ensaiava a partida
acossado pela quarentena
de tardinha
depois de molhar as plantas
eu lia pra elas o hölder, de hölderlin
a samambaia se agitava
a babosa se concentrava toda
eu entendia aos poucos
e cada dia uma coisa diferente
às vezes eu não entendia nada
mas seguia
eu vinha tentando mudar de pele
tentando entender que não-entender
era parte mesmo do processo de entender.
e que entender envolve uma matemática complexa
de intencionalidade e esquecimento
eu só sabia usar intencionalidade
esquecido do esquecimento
ela trabalhava no desvão
no acúmulo de sentidos empilhados
nada era simples

cada coisa era muitas coisas
tudo meada nada fio
foi tentando fugir dali
na última noite lá
que tropecei na voz de lúcia
o esqueleto exposto
era um coágulo de sentido difícil de dissolver
lúcia dizia é a casa que ensina a ler
e aquela era a voz dela
e da outra
e das outras duas
eu pensava nela
em hölderlin
e no que ela me diria em sua narração:

a chegada foi 6 caixas
a cama o colchão a geladeira
uma crise de choro no fim da tarde e
sexo bruto com um confeiteiro alemão de noite

seria assim um começo?

ANA MARIA VASCONCELOS

OBJETOS DE AR

I.
a palavra é filha da morte
diz Octavio Paz
lume cortado pelo tempo

II.
o que digo me desnuda
(a voz é um túnel
por onde escapo)

III.
não é dado aos olhos
ver a luz do próprio rosto

é preciso que outro tato
confirme a minha pele

IV.
somos ilegíveis para nós mesmos
por isso nos rasgamos:

amamos quando oferecemos
na fala
uma falha fundamental

o defeito que sustenta
nosso edifício inteiro

V.
a fala é uma espécie de fome:
Barthes diz que eu-te-amo
não é uma confissão
mas um grito
irrespondível

VI.
dois amantes inventam
uma linguagem própria
juram
carpas de ar
presas para sempre no agora

VII.
amamos e a palavra
deixa de ser pública

(no código de Eros
é urgente rasurar os nomes
deformá-los com o dente ausente)

VIII.
como sabia Blimunda
o sim vem primeiro
(amar é rasgar
também o tempo)
à espera da pergunta

VICTOR SQUELLA

[NATUREZA MORTA SOBRE VIDRO]
autorretratos

A lua nova em virgem anuncia novas
vontades de organização. Começar
novamente, não mais adiar o caos. Organizar.
Poder chamar cosmo, poder ter olhos
ter corpo para levantar a toalha
manchada de vinho. Começar de novo. A lua
cheia, a que marca o fim
do verão. O início do outono. Chamaríamos
lua da colheita se estivéssemos ao norte,
se fosse Setembro.

OTÁVIO CAMPOS

COMO NO TEATRO

Eu pensava que era o teatro
Se arrumar como no teatro, e impostar o corpo
diante da câmera como se fosse a plateia.

Ajustar o tronco em ângulos e jogos
de luzes para realçar alguma parte que a luz
natural não deixa ver
É sobre deixar ver, ver e ser visto.

Mas o teatro é outra coisa

Teu ímpeto diante deste enigma
de nunca perdoar as pessoas
pela volúpia de serem vistas.

SERGIO MACIEL

[ERA NECESSÁRIO ESFREGÁ-LA]

era necessário esfregá-la
sob a violência da tarde
e de passagem
tornar-te um território que se forma
aos avanços daquilo que é perda
indiscernível

como era necessário existir
à luz de uma ameaça
sob um limite que se furtasse
                quase tronco
ao hematoma
ao tempo esburacado que como o diabo
decifra o cântaro
para não turvar o equilíbrio do bolor
da amargura que vai
na boca daquilo que masca na carne a derrota

como era necessário
e mais que necessário era mistério
que de vida pouco ou não houvesse
só uns furtos
usuais

como era necessário ao que faríamos
e que hoje escondo no sangue
gerar uma síntese qualquer

a natação coletiva
                   dos afogados
morrendo em sucessivo

ALEXANDRE VIDAL PORTO

AFEIÇÃO PERVERSA

Não se percebe nada,
não se detecta no início,
são hematomas imaginários
que latejam antes de dormir.

Deve ser um vício velho,
um defeito adquirido
que muda a fiação do cérebro
e no início de fevereiro

(faz sentir difícil,
faz flutuar no quarto,
tira noção de equilíbrio)

não diz a que veio, mas mostra
em que consiste, e espero muito tenha,
além de natureza púrpura e dolorida,
mecanismos para elevar espíritos e

avisos sonoros sobre o risco existente
de que o coração se perca e
o sangue acabe
por inundar a mente

(treinamento, ajuste emocional,
tristeza controlável, ser volátil,
bem banal).

MARIA DOLORES RODRIGUEZ

ISTO NÃO É UMA ASSEMBLÉIA

você diz amar as ovelhas
e o pasto
até mesmo as pedras
te comovem
você diz
mas não enxerga os
meus olhos cansados
meu pescoço pendendo
cabisbaixo
como se em mim
tivessem plantado e
germinassem todas as culpas do mundo

você diz amar a arte,
o abstrato
e também a concretude de certos poemas
mas o meu silêncio
não te posiciona
num estado tal de observação
do mundo e da natureza
onde você pode olhar para mim,
as ovelhas e os rios,
o mar turvo,
o céu escuro das três horas da tarde
e ver semelhança

natureza humana te assusta
mais fácil mirar na lúgubre tez
de uma estrela que já não resplandece
do que amar a esperança que há na
luz que me encandeia e que se apaga
lentamente

esse delírio animal que me toma
num devir abissal de ser bicho
planta e vegetação, água e mineral
calhou-me sê-los, todos os indícios do
[natural
e, no entanto, ser apenas gente,
sem ativismo e sem remissão
como uma outra
em outro estado de coisa

ANDRÉ LUIZ COSTA

COM OS POROS

pro Rubens Rodrigues Torres Filho

se pudesse escolher
teu nome seria aquele
dos poemas
ou das mãos que amam
sem resposta

tudo acontece no futuro
e logo se fixa na dor
dos teus joelhos
você sabe
são gordos os cães
que te perseguem
gordos mancos
e babam
noturnamente excitados
pelo gosto de são paulo

quando fechar o livro
nada terá se modificado
exceto o tempo – água
comum
exceto você
que espera e espera frágil
numa cadeira

RAFAEL MANTOVANI

APLICATIVO DE DATE

o brilho espesso da luzinha
de novas mensagens no vidro
espesso quase um aperto
de braços, quase já um peito
apertado, o amor já quase acontecido

quase valeu a pena esperar
quase fez sentido
o fio humilde da insistência
tantas vezes rompido e colado com saliva
nova, o desisto desdito, esquecido
renegociado

penélope supostamente
desfazia à noite a resignação
tecida ao longo do dia
aqui é quase a mesma coisa:
mas com dedos mais aflitos, expeditos
escolhendo fotos pelo cheiro
inventando perguntas que façam diferença
amarrando começos e enviando endereços
rasgando o cobertor espesso que a noite quer nos deitar em cima
porque supostamente já somos adultos
o suficiente pra dormir sozinhos

(mas penélope pelo menos
sabia *quem* era o homem
nós, por via das dúvidas, vamos acumulando
— cada rosto
cada sonho
cada nome).

REUBEN DA ROCHA

NO COSMOS DE UM BILHÃO DE ESTRELAS

1

anzóis azuis na boca do fogão acesa
borbulha o grão solar do cuscuz eu fervo
nos três estados d'água sem que me mova
maré bebeu meus óculos na lua nova

2

me espere noutro planeta
no cosmos dum bilhão de estrelas
recolha uma flor de lótus
descanse sobre uma pétala
repouso na luz sem limites
dos mares lisos do tempo

3

nuivalón asclaredá sincé
dronconé trempá

trivorá
batalinguaconá

dronconé
claredá

WALLACE PRADO

OFÉLIA

escurecendo o olho   muito mais que noite
da bela Ofélia   volivolteando espumante
escurecendo o olho   com um caroço negro
na braguilha   mãos pedregulhando

belamente nomeados   os súditos sobem
nas costas   a cabeça de Ofélia
da desejada Ofélia   brilhando por entre
línguas-sombras   o benbenet do Sol

a coroa solar, de Heliogábalo vermelho
colorfloreada escorre fincada de espinhos
e Ofélia, a graciosa Ofélia, ri de prazer

conte-me, por gentileza, um trocadilho
e reparte-se em lâminas, o Sol, pelo riacho
Ofélia, a frouxa Ofélia, ri de prazer

de pele clara, trepa na árvore um menino
de mãos firmes, na altura de um ninho
de grama ressequida, e vorazmente devora
um ovo trincado, a boca escapa um osso

Ofélia, a doce Ofélia, oferece os braços
para limpar o rosto do menino, e ele diz.

Ofélia de braços abertos, o tronco sacro
duro curva   sob o riacho Ofélia
braços-abertos as três taças do matrimônio
derramando-se em teus seios rosas
peônias, camélias, orquídeas e gerânios
encharcado se rompe o tecido fraco

escuro e lento ondulando um riacho
como seus cabelos, Ofélia, Ofélia
bela, desejada, graciosa e frouxa, doce
de braços abertos, oh silenciosa Ofélia
escuto ao longe uma lira eólia

CLARISSE LYRA

POESIA É CHARME

Sabia que eu durmo dentro
da terra, como um tatu?
E mesmo assim ouço
na madrugada o barulho
de alguém revirando o lixo
na porta de casa.
Ninguém diz exatamente
o que quer dizer.
Quando eu tiver um gato
lhe chamarei Equívoco.
Gertrude Stein criou um cachorro
chamado Amor.
Agora gosto de escrever
a lápis, contanto que
haja uma borracha em sua cabeça.
Às vezes quando tenho uma ideia
sobre os campos do conhecimento
me ocorre a palavra reino.
O amor é o reino do equívoco,
a filosofia é um conto de fadas.
Da última vez que nos falamos
Camila me disse:
"Desculpe, é que estou apaixonada
e quando isso acontece
é realmente algo muito sério".

RAQUEL NOBRE GUERRA

JÁ QUE O TEMPO É UM NEGÓCIO

para a Eduarda Chiote

Enlouquecer, docemente, enlouquecer
levar-nos contra a humanidade tediosa
inventar deuses novos, chaves falsas
desembaraçar-nos do que nos cobre
de nomes próprios impróprios hipócritas
até ao espanto cósmico de repetir
eu amo e o meu amar é infinito derrame
e o meu sonhar um sonhar mútuo
e a iluminação bate na cena e eu

estremeço, violentamente, estremeço
somos e não somos máquina avariada
de escolher palavras por horror ao vácuo
na sorte parada de perder coisas esvaziar
o que não encontra repouso saúde própria
para o eterno que passará bem rente
levantar o solemne lençol circunstante
oh as delícias que iriam cá dentro
lavar a morte a champô e perfume francês
ser a estrela deste monólogo, quem me dera.

ANA
MARTINS MARQUES

FRONTEIRA

Eros is an issue of boundaries
Anne Carson, Eros The Bittersweet

Uma baleia é um país de fronteiras difusas,
um país que não aparece nos mapas
Isabel Zapata, Espermacete

Duas pessoas deitadas
na mesma cama
o contorno dos seus corpos
como as linhas nos mapas

*

A distância entre seus corpos
como um mar
num arquipélago
costurando as ilhas

*

O contorno dos corpos
como se feito a giz
para marcar o local exato de um crime

*

Vistas de cima
são dois países

*

Vistas de cima
são duas baleias
que do avião alguém poderia tomar
por duas ilhas

*

Duas ilhas
lado a lado
duas baleias imóveis
dois contornos de giz
após o acidente
dois países
com políticas estritas
de imigração

*

A língua que se fala
em cada um desses países
se assemelha bastante
à que se fala no outro
mas nem sempre
o suficiente

*

Entre as baleias jubarte
aparentemente apenas os machos
cantam

indivíduos de uma mesma população
cantam em geral a mesma canção

*

Vistas de cima
duas baleias
duas pequenas ilhas
fora dos mapas
cantando

*

Olham-se tocam-se
a rigor visitam-se
entrelaçam-se adentram-se
por um momento reconhecem-se
dir-se-ia que as fronteiras
foram abolidas

mas não

*

Por um momento reconhecem-se
dir-se-ia que as fronteiras
foram abolidas

mas então a proximidade recua
como o mar da praia
quando a maré muda

*

Para solicitar o visto
você apresenta:
a pequena canção de apartamento
um catálogo de quartos de hotéis
traduções a quatro mãos, falsas etimologias
a hora de ir para a praia medida
pela mancha do sol no chão da sala

*

Para solicitar o visto
apresento:
um dia que nasce velho
um cão sem nacionalidade
um prato morto na pia
uma laranja acontecendo

*

É a linha da pele
que nos separa do mundo

mas as palavras migram
lançam-se das bocas enfiam-se nos ouvidos
ficam na memória boiando
entre as nossas próprias palavras:
enchem a distância
como o mar entre os arquipélagos
costurando as ilhas

*

As palavras migram
de um país a outro
sem passaporte
como as baleias e as nuvens

*

Vistas de cima duas baleias
são duas ilhas dois países
mas cantam

*

Vistas de cima
duas pessoas
como dois países
com o mar ao meio
enquanto peixes nuvens águas-vivas
atravessam de um lado a outro
da fronteira

em
pa
lha
dor

RICARDO DOMENECK

O DESREGRAMENTO E O DESBUNDE: ACERCA DE ROBERTO PIVA E SUA LAIA

para Paulo Werneck

1- ECLOSÃO EM TEMPO DE EXPLOSÃO

Quando Roberto Piva surge na poesia brasileira, nas páginas da *Antologia dos Novíssimos* (1961) e em livro com *Paranóia* (1963), o país passava por suas turbulências regulares entre a promessa e a catástrofe. A renúncia de Jânio Quadros; a ameaça de guerra civil em torno do empossamento de João Goulart; a instituição temporária do parlamentarismo; comícios, greves, plebiscitos, conspirações de civis e militares de Brasília com civis e militares de Washington; e o diabo-a-quatro que nos deixa zonzos a cada 20 ou 30 anos. E no entanto, a República, sua poesia e arte em geral vinham de um período de grandes conquistas e esperanças. O saldo excedente dos tempos da Segunda Guerra; a idealização e construção de Brasília; a industrialização, com a fundação de estatais como a Vale do Rio Doce e a Petrobrás, apesar de seus problemas, seus desequilíbrios, suas desigualdades. Estas são conquistas questionáveis de uma ideologia desenvolvimentista que a situação do planeta hoje nos leva a rever. Mas a terra prometia naquele momento o suficiente para todos. Em meio a essas construções e excavações, houve as exposições de Poesia e Arte Concreta e Neoconcreta; a pintura de Alfredo Volpi; a música de João Gilberto e Tom Jobim; a arquitetura de Oscar Niemeyer e Lina Bo Bardi; a prosa de Clarice Lispector e João Guimarães Rosa; a Bienal de São Paulo, etcétera e tal. É importante ter esse contexto em mente para compreendermos os sucessos e fracassos na recepção da obra de Roberto Piva no ambiente em que se forjava sua poesia.

Os modernistas das regiões que passariam a ser conhecidas como Nordeste e Sudeste estavam empossados. Entre o fim do Estado Novo em 1945 e o início da Ditadura Civil-Militar em 1964, os maiores autores do país haviam publicado suas obras definitivas. Livros como *Lira paulistana* (Mário de Andrade, 1945), *Água funda* (Ruth Guimarães, 1946), *Poesia liberdade* (Murilo Mendes, 1947), *Claro enigma* (Carlos Drummond de Andrade, 1951), *Invenção de Orfeu* (Jorge de Lima, 1952), *Romanceiro da Inconfidência* (Cecília Meireles, 1953), *Uma faca só lâmina* (João Cabral de Melo Neto, 1955), *Grande sertão: veredas* (João Guimarães Rosa, 1956), *A Lua Vem da Ásia* (Campos de Carvalho, 1956), *Crônica da casa assassinada* (Lúcio Cardoso, 1959) e *Laços de família* (Clarice Lispector, 1960), entre outros. Nos anos da atividade inicial de Roberto Piva, a poesia e arte brasileiras passariam por grandes convulsões estéticas, realinhamentos, recalibramentos, meditações importantes sobre a velha pergunta: o que e quem somos? O que queremos? Dos autores acima, ainda que já estivessem mortos Mário de Andrade e Jorge de Lima, alguns viveriam um par de anos ou décadas mais, seguindo com suas publicações. Entre os poetas da mesma idade de Piva, outros publicariam nestes anos algumas de suas obras mais respeitadas, como Marly de Oliveira e sua *A suave pantera* ou Mário Chamie e sua *Lavra Lavra*, ambos em 1962. A este grupo viriam se unir em breve os poetas da Tropicália, como Caetano Veloso, Gilberto Gil e Torquato Neto, assim como doutras bandas viriam Chico Buarque de Holanda, Orides Fontela, Affonso Ávila, Aldir Blanc e Leonardo Fróes.

Todo país existe numa espécie de estranho pêndulo entre as ideias que faz de si e aquilo que realmente é. O trabalho político árduo é manter o país-real próximo do país-imaginário. Pensar na arte brasileira das décadas de 1950 e 1960 – no contexto sociopolítico em que se desenvolve – dá vertigem. Como é que tamanha razoabilidade e discernimento no campo artístico pôde florescer num período de tanta confusão e irracionalidade? É um fenômeno recorrente no mundo. Mas uma civilização longínqua no tempo que busque compreender o que foi a República Federativa do Brasil naquelas décadas, tendo em mãos apenas os números da revista *Invenção* ou a planta do Palácio da Alvorada, nos julgará uma civilização bastante razoável. Terá portanto ideias erradas de nós. O país-real mostrava muito mais contraste entre luz e escuridão. Nesse aspecto, uma leitura da poesia de Roberto Piva seria muito mais instrutiva a habitantes futuros do território, sejam luso-brasileiros, ameríndios ou outro povo. O título de sua estreia é a descrição apta daquele momento: paranoia.

2- O DESBUNDE DO SONHO E O DESBORDE DO PESADELO

O volume *Morda meu coração na esquina: poesia reunida* (2023), lançado pela Companhia das Letras, segue a organização dos três volumes da obra do autor pela Editora Globo no início deste século. São reunidos aqui num único volume, ainda na compreensão crítica do organizador, Alcir Pécora, que vê três fases na poesia do poeta paulista. O contexto da primeira foi descrito acima, com a publicação de *Paranoia* em 1963 e *Piazzas* em 1964.

Décio Pignatari diria que o Surrealismo jamais dera certo ou fora necessário no Brasil porque o país já era surrealista. É uma das melhores frases do século XX. E, no entanto, merece inspeção. É verdade que a Poesia Brasileira jamais teria um movimento surrealista organizado, como tiveram os portugueses com Mário Cesariny à frente. A estética é discutida no Brasil geralmente para uma compreensão parcial do trabalho de Murilo Mendes, em especial em torno a livros como *As metamorfoses*. Algo dela fluiria ainda no Jorge de Lima de *A túnica inconsútil* e *Anunciação e encontro de Mira-Celi*. Poderíamos portanto ver na publicação de *Paranoia* uma reforma ou puxadinho dessa poética no Brasil. Mas isso talvez esconda mais do que revele. Sim, André Breton saudaria a estreia de Roberto Piva. Quando morreu o poeta francês, Murilo Mendes considerou obrigação profissional ir ao enterro. Mas também conhecemos a angústia hereditária e testamenteira de homens, especialmente homens, ligados a movimentos de vanguarda. Há exemplos contemporâneos no Brasil. O próprio Piva elenca no livro referências comuns com o grupo francês, mas também brasileiras, como Mário de Andrade e Jorge de Lima. Isso não é apenas contextual e casual pela nacionalidade do autor. *Paranoia* talvez seja mais reavivadora da *Paulicéia desvairada* marioandradina do que dos *Vases communicants* bretonianos. Não se pode esquecer que Piva também foi pioneiro na divulgação da poesia dos Beatniks norte-americanos entre nós, raramente compreendida na clave do surrealismo. E se poderia dizer que a linguagem de Roberto Piva é mais a do urro do também homossexual Allen Ginsberg, do que o balbucio do sonilóquio de Paul Éluard.

Nosso desejo porém é mais o de libertar a poesia de Roberto Piva do crachá surrealista do que elencar para ele uma tradição precursora. E mesmo assim somos encarados com o desafio de encontrar uma palavra que a descreva, vendo nela um gomo na corrente de outras obras do país. Trata-se de uma poética onírica? Órfica? Notívaga? Ou, palavra dileta do autor, *xamânica*? O xamanismo é uma tecnologia cultural séria demais para a forma com que o vocábulo é jogado aqui e acolá no jornalismo cultural brasileiro. Talvez possamos usá-la se seguirmos a proposta de Jerome Rothenberg em sua antologia de tal poética: *Técnicos do Sagrado*. Mas há também aqui uma pista para nossos tropeços ao falar do autor. Poetas como Roberto Piva, assim como Murilo Mendes e Jorge de Lima, beberam de tradições como as das poéticas cosmogônicas, assim como da messiânica e da apocalíptica, que podem muito facilmente ser confundidas, de forma anacrônica, com uma estética surrealista. As poéticas cosmogônicas, messiânicas e apocalípticas são inerentemente metamórficas e sobrenaturais. Ou estamos tão presos a essa falência da crítica – a compartimentação de poéticas por manifestos – que passaremos a chamar as visões do profeta Daniel em seu *Livro* de protossurrealistas? E as do *Gênese* e do *Ayvu Rapyta*?

Também estamos cientes de que as outras tentativas de descrição acima [onírico, órfico, notívago] acabam por gerar uma oposição inevitável a outra tradição: a lúcida, a pública, a diurna, como compreendemos as obras de Carlos Drummond de Andrade, João Cabral de Melo Neto e Augusto de Campos, por exemplo. Ou seja, o povo de Machado de Assis. Na poesia da Alemanha, onde vivo, já escrevi sobre essa dualidade. De um lado, essa possível ala ÓRFICA, internacionalmente famosa, a da telegrafia mística do alto de uma torre por Friedrich Hölderlin; a das visitas de anjos em castelos a Rainer Maria Rilke; também a do Expressionismo de George Trakl e Jakob van Hoddis, e mais tarde a do balbucio diante do horror por Paul Celan. Do outro lado, uma possível ala FÓRICA, a de pés-no-chão, com cantores de feira como Heinrich Heine e Bertolt Brecht à frente, chegando a Günter Eich e Thomas Brasch, por vezes menos traduzida no mundo ou tida por menos típica para o espaço linguístico germânico. Mas essas dualidades facilitadoras não dão conta de uma tradição nacional, se ainda julgamos tal coisa necessária. Onde incluir poetas como Christian Morgenstern, Hans Arp e Ingeborg Bachmann?

Pensemos na poesia da Bruzundanga. Não têm muito de oníricas, noturnas e místicas as poéticas de Cruz e Sousa ou Alphonsus de Guimaraens? Em qual gaveta é escondida hoje a obra de Qorpo-Santo? Um poema como "É o silêncio", de Pedro Kilkerry, tem conexão com estes autores? A linguagem de Augusto dos Anjos é antepassada daquela do Roberto Piva de "Lento couro branco da periferia" ou do Décio Pignatari de "Escova"?

"O garoto salta do canto uma tapeçaria tirada das vísceras
No fundo do quarto eu acariciei um barco uma lacraia no crânio
Pêndulo que esvai então circuito de vermes gritadores"

[Roberto Piva, "Lento couro branco da periferia", in *Piazzas*, 1964]

"... o
hábito da boca com
boqueira derrui o teu plexo glorioso de nervos apolíneos, como os estalamitites-tites
brinquedos de carbonato aliciando luz em escrínios de vácuo, espeleologia..."

[Décio Pignatari, "Escova", 1955, in *Poesia pois é poesia: 1950-2000*]

Parece-nos possível ver na famosa "piedade" de Piva uma contribuição à linhagem satírica que abre a poesia lusobrasileira com Gregório de Matos, na verve e acidez de versos como: "as senhoras católicas são piedosas / os comunistas são piedosos / os comerciantes são piedosos / só eu não sou piedoso / se eu fosse piedoso meu sexo seria dócil e só se ergueria aos sábados à noite / eu seria um bom filho meus colegas me chamariam/ cu-de-ferro e me fariam perguntas: por que navio bóia? por que prego afunda?". Entre a Cidade de São Paulo de 1960 e a Cidade da Bahia de 1660, certamente permaneceram os dois FF do Boca do Inferno: "furtar e foder".

Como disse a personagem de Geraldine Chaplin ao fim de *Fale com ela*, de Pedro Almódovar: "Nada é simples. Eu sou professora de balé e te digo que nada é simples." É claro que é muito mais fácil, para certa imprensa cultural, opor Roberto Piva a Augusto de Campos, como praticantes de poéticas estanques e antagônicas. Em muitos aspectos, os próprios poetas participam desse jogo. E cientes disso, poetas também usam a estratégia grupal para meter o pé nas portas do cânone. Mas talvez por vezes seja necessário turvar as águas para melhor vê-las, ou ao menos encontrar o leito do rio. As poéticas não são hermeticamente fechadas em si. No que diz respeito ao sucesso ou empossamento de uma escrita que transborde do real no Brasil, os poetas do Grupo Noigandres tinham interesse em mantê-la à margem. A forma com que Haroldo de Campos responde a pergunta de Claudio Willer no programa *Roda Viva* de 1994, em torno a essa mesma questão, foi indigna de sua usual abertura para o debate.

Além de Roberto Piva, naquele momento, estavam em atividade ainda os seus companheiros de grupo, como Claudio Willer, Antônio Fernando de Franceschi – hoje publicado pela mesma Companhia das Letras – e Rodrigo de Haro, que vem sendo editado pelo Universidade Federal de Santa Catarina. Ainda em São Paulo, havia figuras como Raul Fiker e Jorge Mautner. "Maracatu atômico" é ao mesmo tempo tautológico de tão realista e um dos grandes poemas oníricos da língua. Na mesma cidade perambulava pelo Centrão sujo uma figura como Orlando Parolini, até hoje inédito. No Rio Grande do Norte houve Antônio Pinto de Medeiros, com poemas que transbordam e ultrapassam o realismo tão forte na escrita da região. Em Pernambuco, havia e há ainda a figura de Jomard Muniz de Britto, que se aproxima de Piva tanto de forma poética quanto em sua rebelião socio-comportamental. No Pará, o interessantíssimo Paulo Plínio Abreu. Mesmo o goiano Pio Vargas, mais jovem, pode ser discutido nessa clave, operando entre a construção e a destruição, o centrípeto e o centrífugo, a precisão e o exagero.

Aqui adentramos outro terreno espinhoso numa discussão sobre Roberto Piva. Mesmo nos textos do volume que estamos discutindo, pelas mãos de grandes críticos como Alcir Pécora, David Arrigucci Jr. e Eliane Robert Moraes, seria possível argumentar que haja uma concentração demasiada na importância socio-comportamental de Piva, em detrimento de uma compreensão estética de sua escrita. Sem dúvida havia em Piva uma crença na vida-e-obra como performances inseparáveis. Mas poetas morrem. E sua performance corporal não é acessível a todos os cidadãos. Sem dúvida conheci eu próprio um par de figuras na poesia brasileira com poder transformador por sua presença, como Leonardo Fróes, mas para isso é necessária sua presença.

E a variedade formal da escrita de Piva dificulta seu engessamento numa narrativa. Nele encontramos o verso longo de caráter salmúdico, como de um Walt Whitman; o verso curto e minimalista, que remete tanto à concisão do trovadorismo ibérico como da poética extremo-oriental, mesclada ao epigramatismo latino; e sua obra passa ainda pela prosa poética e a programática do manifesto. Seus urros se expandem e então se retraem em sussurro. É possível que sua concentração no verso livre convide a uma discussão da libertação do corpo das amarras dos bons costumes, algo que ele expõe e prega nos mesmos versos. Seu ritmo é com frequência o do ofegar. Piva é dos artistas do século XX que buscaram misturar em si o artesão e o pajé. Há nele os parâmetros da *tekhné* grega que se vê em toda a poesia do mundo, ainda que entre nós herdada dos europeus. Mas sua poesia passa também pelo litúrgico, pelo medicinal, pelo terapêutico, pelo místico, seja como na poética de um William Blake, na dos anônimos oriquis, ou na da poesia cosmogônica ameríndia. Na arte brasileira, penso aqui numa figura comparável nesse aspecto: a Lygia Clark dos "Bichos" e a dos "Objetos relacionais", entre o formal e o sensorial.

3- FERMENTO PARA A GELEIA GERAL BRASILEIRA

Essas transformações em sua poética, entre os anos 1960 e 1980, são bastante expansivas. No momento seguinte à estreia, no que Pécora chamaria de sua segunda fase entre 1976 e 1983, Piva publicaria os livros *Abra os olhos e diga Ah!* (1976), *Coxas* (1979), *20 poemas com brócoli* (1981) e *Quizumba* (1983). Livros como *Coxas* e *Quizumba* são tão inclassificáveis quanto o *Me segura qu'eu vou dar um troço* (1972), de Waly Salomão, *O Equivocrata* (1976), de Raul Fiker, ou o *Sibilitz* (1981), de Leonardo Fróes. Se já seria difícil agrupar os melhores poetas da década de 1960 sob um guarda-sol em Ipanema, na década de 1970 isso se torna impraticável para nossa sorte, pois jamais foi recomendável. Os anos 70 veem essas publicações e ainda a de *Bagagem* (1974), de Adélia Prado, e *Romanceiro de Dona Beja* (1979), de Maria Lúcia Alvim. No início da década de 1980 já estavam em atividade poetas jovens como Paulo Leminski e Ana Cristina Cesar. E um poeta bem mais velho como Manoel de Barros chegara à linguagem que em breve o tornaria o poeta mais popular do país.

Como agrupar estes poetas todos e falar sobre sucesso ou fracasso de uma poética com R.G. e residência fixa? E notem: a poética onírica de Piva seguiu em *Abra os olhos e diga Ah!*, numa linhagem que ganhara ainda o contribuinte Afonso Henriques Neto. Ao mesmo tempo, atingia seus momentos de concisão e contundência máximas com o mínimo de meios em *20 poemas com brócoli*, o que o aproximaria do Ronaldo Brito de *Asmas* (1982). Estou turvando as águas propositalmente. É necessário que deixemos de simplificar em escolinhas literárias projetos tão complexos.

Assim como é importante também dizer que o fórico seguia mais popular do que o órfico. Adélia Prado é muito mais lida do que Afonso Henriques Neto. E apesar da popularidade de Manoel de Barros – que está longe de ser um poeta realista do cotidiano – essa conexão com os leitores se dá muito pelo louvor do mínimo, do insignificante, do que ele chamou de *ignorãça*. Porque somos um país de gente com grandes aspirações, mas perdidos num território gigantesco que nos torna provincianos de fazenda longínqua. Podemos ainda compreender a popularidade de um poeta como Manoel da Barros por sua celebração da natureza, já que sua linguagem passa pelo simples e pelo quase-surreal para chegar ao que é natural, mas não-humano. Há uma nostalgia nos brasileiros, hoje mais citadinos do que campesinos, por aquilo que se perdeu ao se separar no Brasil, de forma tão neurótica, os conceitos de Natureza e Cultura. Que são, por fim, apenas conceitos. Basta contemplarmos qualquer prédio da arquitetura brasileira modernista. São ambientes neuróticos por essa oposição. Quem tenha passado cinco minutos em São Paulo no Memorial da América Latina, de Oscar Niemeyer, ou no Museu Brasileiro de Escultura, de Paulo Mendes da Rocha, talvez perceba a que me refiro. A revolta contra isso, mesmo que inconsciente, une a paixão dos leitores de Manoel de Barros, Roberto Piva e Leonardo Fróes.

4- UMA DERRADEIRA PORRADA DE PIVA QUANDO EU ACABAVA DE ACORDAR

Era no tempo de Cabral, que era rei. Parafraseio aqui o exórdio do romance de Manuel Antônio de Almeida, *Memórias de um sargento de milícias* (1853). A figura picaresca do romance não deixa de ter uma conexão subterrânea com a do poeta paulista. Talvez não com o homem de carne e osso, mas o homem de palavras e a persona que ele assumiria entre nós. É claro que não me refiro ao navegante português, mas ao poeta pernambucano João Cabral de Melo Neto. Quando o nome de Roberto Piva primeiro chegou aos meus olhos, a poesia cabralina reinava suprema no imaginário crítico da República. Era a década de 1990, quando Pécora vê a derradeira fase da poesia de R.P., com as publicações de *Ciclones* em 1996 e de *Estranhos sinais de Saturno* apenas em 2008. É quando se reúne pela primeira vez a poesia do homem a quem jamais se dedicou um *Caderno de Literatura Brasileira*, do IMS. Até Hilda Hilst havia conquistado isso após décadas de ostracismo.

Em que país Piva solta seus pequenos ciclones homoeróticos? A moeda nacional havia sido estabilizada pelo Plano Real. Carlos Drummond de Andrade estava morto. A W/Brasil lançava na televisão comerciais que celebravam a identidade brasileira, um tiquinho distorcida, tecnocolorizada, capitalizável e globalizante a partir da herança dos modernistas e dos tropicalistas. Guilherme Mandaro, Ana Cristina Cesar e Paulo Leminski também estavam mortos. Estatais como a Vale do Rio Doce iam para bolsos estrangeiros enquanto os jovens brancos de classe média e alta começavam a descobrir o samba e a capoeira, após seus irmãos mais velhos terem dedicado horas à audição das canções da Legião Urbana e dos Titãs. O cenário mudava ainda com a excelente música saindo do Recife pelas bocas e mãos de bandas como Nação Zumbi ou Mundo Livre S/A. Havia um retorno aos Modernistas. De um lado, reavivador. De outro, interesseiro.

Era o melhor dos tempos, era o pior dos tempos. Éramos jovens. O país, já nem tanto. Eu continuava, ainda que escondido, desde sempre homossexual. O Brasil ainda não tinha o menor interesse de ir com a nossa cara. Fazia apenas dez anos que uma série de assassinatos de homossexuais em São Paulo tivera reações entre a indiferença e a salva de palmas, como se vê no documentário de Rita Moreira, *Temporada de caça*. É neste ambiente que Roberto Piva lança o livro *Ciclones* (1996), a cristalização e condensação de sua poética homoerótica, com abertura e honestidade que não eram vistas no país desde Lúcio Cardoso, Silviano Santiago, Valério Pereliéchin e Paulo Augusto. Houve outras tentativas subterrâneas. Mas Piva começava a furar um cerco. Numa resenha de Marcelo Coelho sobre o livro, o crítico o chamaria de "revolução de um homem só", equiparando-o a José Celso Martinez Correa.

Mas apesar de rachaduras nesse concreto armado, no jornalismo cultural parecia reger ainda a crença de que a poesia do país, após percalços, encontrara em João Cabral de Melo Neto uma figura tutelar e pedagógica. Os preceitos decalcados de sua poética eram os parâmetros de qualidade: a secura, o antilirismo, o minimalismo, o coisismo, o desértico. O totem era a pedra. Nesse ambiente, era difícil de imaginar que a umidade orgânica da poesia de uma Hilda Hilst ou o descabimento vital de um Roberto Piva pudesse chegar a ter uma posição central. Outros poetas com força lírica seguiam ignorados, como Leonardo Fróes, Maria Lúcia Alvim ou Olga Savary. E eram silenciados mesmo autores com uma poética que poderia ser lida na clave do seco e mínimo, e portanto ter maior alcance naqueles anos. Dois casos gritantes são os de Paulo Colina e Adão Ventura. A questão aqui, é claro, era a supremacia branca da cultura brasileira no século XX, apesar do cânone anterior ao Modernismo ter figuras centrais como Machado de Assis, Lima Barreto e Cruz e Sousa. Essa é uma questão para os sociólogos: por que o cânone do século XIX foi mais mestiço do que o do século XX?

A culpa não era de Cabral. E, de qualquer forma, havia as rachaduras. A população em geral estava muito mais interessada em poetas como Cora Coralina, Manoel de Barros e Adélia Prado. Além dos *Ciclones* pequeninos de Piva, Hilda Hilst havia publicado *Cantares do sem nome e de partidas* (1995) e um dos maiores poemas das últimas décadas, "Mula de Deus", ao final de um romance. Entre as mulas e porcas de Hilda Hilst, as cabras de João Cabral de Melo Neto começariam a perder pasto. E os meninos de Roberto Piva começariam a ficar tão visíveis quanto a Sevilha andando de Cabral ou mesmo as meninas de Vinicius de Moraes. Meninos e meninas, de qualquer forma, estavam todos juntos nas praias da República. Se me permito essa ambientação a partir da minha descoberta pessoal, é porque vejo ali o início de um processo que culminaria com a publicação de *Morda meu coração na esquina: poesia reunida* em 2023 pela maior editora do país, a Companhia das Letras. A gentrificação da marginalidade, como se vê nas publicações de luxo da Companhia das Letras para figuras da contracultura como Waly Salomão – figura com impacto sociocomportamental análogo ao de Piva, e também Ana Cristina Cesar e Paulo Leminski. Mortos e encaixotados agora em volumes da maior editora do país, já não se pode esperar revoluções comportamentais deles. Sua margem está no centro. Terão que se virar com seus poemas, seguir suas vidas entre nós como textos. É como deveriam ter sido julgados desde o princípio.

Eu próprio não me julgo afilhado do homem. Mas basta uma leitura atenta da poesia contemporânea para ver que Piva, ou a poética à qual se atrelou, deixou marcas claras na escrita brasileira. Há poetas mais velhos, como Celso de Alencar, que se permitem o desregramento e o escatológico. Poetas como os também paulistas Diogo Cardoso e Pedro Spigolon, que comandam a editora 100 Cabeças, dedicada a manter viva no mercado editorial e na literatura de hoje a poética surrealista. Outros, como o gaúcho Pedro Dziedzinski e o carioca Italo Diblasi. Ligada ou não a Piva, a poética do desregramento e do visionário pode ainda ser notada com saúde em outros autores como Carla Diacov, Érica Zíngano, Reuben da Rocha ou Philippe Wollney. De certa maneira, mesmo em Veronica Stigger. Estes poetas, especialmente os últimos, não se filiam a uma poética surrealista, nem quero insinuar ou sugerir que passem a ser. São autores que se entregam por vezes ao que está além do visível. Há neles ainda uma atenção clara ao corpo, ao corporal, à sua umidade, à sua constante necessidade de hidratação. Ou mesmo que estes poetas vivos sejam por vezes pequenas lagartas cujo mundo é só uma folha verde, por acaso surgiram numa planta com características alucinógenas. E portanto se deixam por vezes alucinar. Até João Cabral de Melo Neto se permitiu tal liberdade.

Por fim agora morto, o corpo de Roberto Piva não tem mais como desempenhar funções contraculturais. E nem sua poesia pode mais ser romantizada a partir da marginalidade de seu desejo físico, real e homossexual. Ele está agora emoldurado na maior casa editorial do país. Resta-nos apenas aquilo que sempre tivemos: sua poesia, encarnada em textos específicos. E desde o princípio, a única ajuda que poderia nos dar o cidadão Roberto Piva, a nós, dessa língua, dessa República: seus poemas. Eles estão entre nós há tempos, com todos os possíveis acertos e erros de qualquer membro da espécie, de qualquer cidadão. É necessário lê-lo. Mesmo que seja para descartá-lo.

bi o gra fi as

Alexandre Vidal Porto nasceu em São Paulo, Brasil, em 1965. Publicou *Matias na cidade* (2005), *Sergio Y vai à América* (2014), *Cloro* (2018) e *Sodomita* (2023). Vive e trabalha em Amsterdã.

Aline Frazão nasceu e cresceu em Luanda, Angola. É cantora, compositora, produtora e conta com cinco álbuns editados ao longo de mais de uma década de estrada. É a autora da banda sonora do filme angolano *Ar Condicionado*, realizado por Fradique. Colabora em projetos de teatro, tais como o espetáculo *Amore*, de Pippo Delbono. Publicou vários contos, ensaios e crónicas ao longo dos anos. Atualmente reside em Berlim.

Ana Maria Vasconcelos nasceu em Maceió, Alagoas, Brasil, em 1988. Publicou *Eram brutos os barcos* (2022), *A raiz é como um raio* (2023), *O rosto é uma máquina aquosa* (2023) e *Longarinas* (2024). Vive e trabalha em Maceió.

Ana Marta Cattani nasceu em São Paulo, SP, Brasil, em 1969. É escritora, advogada e mestre em Direito Civil pela USP. Pós-graduada pela Formação de Escritores do Instituto Vera Cruz, SP. Publicou seu primeiro livro de poemas em 2023, *Tutano*, pela editora Laranja Original. Vive e trabalha em São Paulo.

Ana Martins Marques nasceu em Belo Horizonte, Minas Gerais, Brasil, em 1977. Publicou, entre outros, *A vida submarina* (2009), *O livro das semelhanças* (2015), *Risque esta palavra* (2021) e *De uma a outra ilha* (2023). Vive e trabalha em Belo Horizonte.

André Capilé nasceu em Barra Mansa, Rio de Janeiro, Brasil, em 1978. Publicou *Azagaia* (2021), entre outros. É tradutor dos contos de Ralph Ellison. Vive e trabalha no Rio de Janeiro.

André Luiz Costa nasceu em Tubarão, Santa Catarina, Brasil, em 1991. Publicou *Ciclo neon* (poemas) em 2021 e coorganizou o livro *Deleuze-Guattari: a escrita e a literatura na imanência da velocidade*, publicado em 2018. Atualmente, vive no Rio de Janeiro e é doutorando no departamento de Letras da PUC-Rio.

Anthony McNeill nasceu em Kingston, Jamaica, em 1941. Publicou *Reel from 'The Life Movie'* (1972), *Credences at the Altar of Cloud* (1979) e *Chinese Lanterns from the Blue Child* (1998). Morreu na Jamaica em 1996.

Aparecida Vilaça nasceu no Rio de Janeiro em 1958. Autora de *Quem somos nós. Os Wari' encontram os Brancos* (EdUFRJ, 2006), *Comendo como gente. Formas do canibalismo wari' (Pakaa Nova)* (Mauad X, 2017), *Paletó e eu. Memórias do meu pai indígena* (Todavia 2018). Co-autora de *Ficções Amazônicas* (Todavia 2022) É antropóloga, professora do Programa de Pós-Graduação em Antropologia Social do Museu Nacional da UFRJ.

Clarisse Lyra nasceu em Feira de Santana, Bahia, Brasil, em 1988. Publicou o livro *Tanto tempo para aprender a escrever um poema com hortênsias*, em 2022. Vive em trânsito, no momento.

Curtis Eggleston nasceu em 1994 e foi criado no estado do Colorado, nos Estados Unidos. Seu primeiro romance, *Hollow Nacelle*, foi publicado em 2021. O segundo, *Opaquely A*, será lançado este ano pela editora Expat Press.

Daniel Francoy, nascido em Ribeirão Preto – SP, em 1979. Publicou *Identidade* (Urutau), *A Invenção dos Subúrbios* (Edições Jabuticaba), *O Ganges Represado* (Urutau), *O Velho Que Não Sente Frio e Outras Histórias* (Edições Jabuticaba) e *O Livro do Martim* (Edições Jabuticaba). Vive e trabalha em Ribeirão Preto.

Delores Gauntlett nasceu em St. Ann, Jamaica, em 1949. Publicou, entre outros, *Freeing her Hands to Clap* (1999) e *The Watertank Revisited* (2005).

Ederval Fernandes nasceu em Feira de Santana, Bahia, Brasil, em 1985. Publicou *Novas ofertas de emprego para Ederval Fernandes* (BR: 2018; PT: 2021). Vive e trabalha em Lisboa.

Ega Real nasceu no Rio de Janeiro, Brasil, em 1998. Publicou o *Cinoverbo* em 2019. Vive e trabalha em Londres.

Federico Castoldi nasceu em Bergamo, Itália, em 1995. Teve poemas publicados em diversas revistas, mas é inédito em livro. Ligado às artes visuais, colaborou com vários artistas, entre eles o brasileiro Matheus Chiaratti. Vive e trabalha em Bergamo.

Felipe G. A. Moreira nasceu no Rio de Janeiro, Brasil, em 1984. Publicou as coletâneas de poemas *Por uma estética do constrangimento* (2013) e *FGAM* (2021) e o livro de filosofia *The Politics of Metaphysics* (2022). Vive e trabalha em Marília.

Francisco Vilaça Gaspar nasceu em Rio de Janeiro, RJ, Brasil, em 1990. Co-autor de *Ficções Amazônicas* (Todavia 2022). Vive e trabalha no Rio de Janeiro.

Helena Machado nasceu no Rio de Janeiro, Brasil, em 1980. Publicou *Memória de Ninguém* (Editora Nós, 2022), seu romance de estreia, finalista do Prêmio São Paulo de Literatura 2023. Vive e trabalha no Rio de Janeiro.

Jeanne Callegari nasceu em Uberaba, MG, Brasil, em 1981. Publicou os livros de poemas *Amor eterno 2* (Garupa e Pitomba!, 2019), *Botões* (Corsário-Satã, 2018) e *Miolos frescos* (Patuá, 2015), e a biografia *Caio Fernando Abreu: inventário de um escritor irremediável* (Seoman, 2008). Vive e trabalha em São Paulo.

Jorge Wakabara nasceu na capital de São Paulo, Brasil, em 1981. Publicou o livro *Si, Copimila* em 2020. Vive e trabalha em São Paulo.

Julia Moreira nasceu em Itapeva, SP, Brasil, em 1986. Atualmente, está finalizando seu primeiro romance. Júlia vive e trabalha em Berlim.

Juliana Otoni nasceu em Muriaé, Minas Gerais, Brasil, em 1983. Publicou os livros *Guardar o vão* (2018) e *Poemas deixados* (2024). Vive e trabalha em Brasília.

Kamau Braithwaite nasceu em Bridgetown, Barbados, em 1930, quando o país ainda era colônia britânica. Publicou, entre outros, *Folk Culture of the Slaves in Jamaica* (1970); *The Development of Creole Society in Jamaica*, 1770–1820 (1971), *Contradictory Omens* (1974) e *Afternoon of the Status Crow* (1982). Morreu em 2020.

Leonardo Piana nasceu em Andradas, Minas Gerais, Brasil, em 1992. Publicou o romance *Sismógrafo* (2022), vencedor do prêmio Cidade de Belo Horizonte e finalista dos prêmios Jabuti e São Paulo de Literatura. Vive e trabalha em Pouso Alegre.

Lucas Litrento nasceu em Maceió, Alagoas, Brasil, em 1997. Publicou os livros *Os meninos iam pretos porque iam* (2019), *TXOW* (2020) e *Pretovírgula* (2023). Vive e trabalha em Maceió.

Márcio Junqueira nasceu em Feira de Santana, Bahia, Brasil, em 1981. Publicou *Voilá mon coeur* (2010), *Lucas* (2015) e *sábado* (2019). Vive e trabalha em Salvador.

Margarida Vale de Gato nasceu em 1973 em Vendas Novas, Portugal. É autora dos livros de poesia *Lançamento* (Douda Correria, 2016), *Atirar para o Torto* (2021), e *Mulher ao Mar*, um projeto em curso iniciado em 2010 e cuja última edição é *Mulher ao Mar e Corsárias* (2023). Vive e trabalha em Lisboa.

Maria do Carmo Ferreira nasceu em Cataguases, Minas Gerais, Brasil, em 1938. Após algumas publicações esparsas em revistas como *Invenção* e *Germina*, estrearia como poeta com sua obra reunida em três volumes pela editora Martelo em 2024, *Poesia reunida 1966-2009*. Livro 1: *Cave Carmen*; livro 2: *Coram populo*; e livro 3: *Quantum satis*. Vive e trabalha em Niterói.

Maria Dolores Rodriguez nasceu em Feira de Santana, na Bahia, Brasil, em 1989. É poeta, artista visual e pesquisadora. É autora do livro-objeto *Procurem Luisa no Mercado de Arte Popular* (2021), entre outros. Vive e trabalha em Feira de Santana.

Mário Loff nasceu em Ponta Lagoa, na cidade de Tarrafal de Santiago, Cabo Verde, em 1981. Autor de obras como *O Rapto da Primeira Dama* e *Poetas para Ano Novo II*. Atualmente, vive e trabalha na Cidade da Praia, onde atua no Arquivo Histórico Nacional.

Matheus Guménin Barreto nasceu em Cuiabá, Mato Grosso, Brasil, em 1992. Publicou *História natural da febre* (Corsário-Satã, 2022), *Mesmo que seja noite* (Corsário-Satã, 2020), *Poemas em torno do chão & Primeiros poemas* (Carlini & Caniato, 2018) e *A máquina de carregar nadas* (7Letras, 2017). Vive e trabalha em São Paulo.

Miguel Martins nasceu em Lisboa, Portugal, em 1969. Publicou 33 livros. Vive e trabalha em Lisboa.

Odile Kennel nasceu em Bühl, na Alemanha, em 1967. É tradutora do português, tendo vertido para o alemão poemas de Angélica Freitas, Érica Zíngano e Ricardo Domeneck. Publicou, entre outros, *oder wie heißt diese interplanetare* (2013) e *Mit Blick auf See* (2017). Vive e trabalha em Berlim.

Orlando Parolini nasceu em Jaú, São Paulo, Brasil, em 1936. Figura notória da chamada Boca do Lixo Paulistana, sua poesia é mais conhecida por figurar no trabalho do cineasta Carlos Reichenbach. Seus poemas foram editados postumamente por Sérgio Cohn e publicados na revista *Azougue*. Outro poeta, editor e crítico que tem defendido a importância da obra de Orlando Parolini é Fabiano Calixto. Parolini morreu em São Paulo em 1991.

Otávio Campos nasceu em Leopoldina, Minas Gerais, Brasil, em 1991. Publicou *Os peixes são tristes nas fotografias* (2015), *Ao jeito dos bichos caçados* (2017) e *Tatear os destroços depois do acidente* (2022). Vive e trabalha em Juiz de Fora.

Pedro Spigolon nasceu em Araras, São Paulo, Brasil, em 1992. Publicou *Espanto* (Editora Medita, 2015), e traduziu *Last river together* (Ururau, 2019) e *Poemas do manicômio de Mondragón* (Urutau, 2024), ambos do poeta espanhol Leopoldo María Panero. Mora e trabalha em Paris, França.

Rafael Mantovani nasceu em São Paulo, em 1980. Publicou *Cão* (2011) e *Você esqueceu uma coisa aqui* (2019). Vive e trabalha no Porto.

Rafael Sperling nasceu no Rio de Janeiro, RJ, Brasil, em 1985. Publicou *Festa na usina nuclear* (Oito e meio, 2011), *Um homem burro morreu* (Oito e meio, 2014), *Rafael Sperling: poemas - Coleção Kraft* (Cozinha Experimental, 2016). Vive e trabalha no Rio de Janeiro.

Raquel Nobre Guerra nasceu em Lisboa, Portugal, em 1979. Publicou *Groto Sato* (2012), prémio PEN Clube Português, e Prémios Novos da Culturgest / CGD; *SMS de Amor e Ódio* (2013); a plaquete *Saudação a Álvaro de Campos* (2014); *Senhor Roubado* (2016), semi-finalista do Prémio Oceanos e, recentemente, com o apoio de uma bolsa de criação literária DGLAB, *Divisão da Alegria* (2022), finalista do prémio PEN Clube português. Vive entre Lisboa e o Alentejo.

Regina Guimarães nasceu no Porto, Portugal, em 1957. Publicou *A Repetição* (1979), *Anelar, Mínimo* (1985), *Uma Árvore como se Fosse Uma Raínha* (1992) e *Caderno do Poço e da Gaveta* (2012), entre outros. Vive e trabalha no Porto.

Reuben da Rocha nasceu em São Luís do Maranhão, Brasil, em 1984. Publicou os álbuns *REUBEN THE ORGANIZER* (2024) e *REUBEN!?* (2019), e os livros *Estrelas brilham, mastigam lixo* (2019), *Um pensamento estranho atravessa o meu crânio e desce até as entranhas* (2019) e a série em seis fascículos *Siga os sinais na brasa longa do haxixe* (2015-2016). Vive e trabalha em Gent, Bélgica.

Ricardo Domeneck nasceu em Bebedouro, São Paulo, Brasil, em 1977. Publicou 12 livros. Vive e trabalha em Berlim, Alemanha.

Roberto Piva nasceu na cidade de São Paulo, em 1937. Sua estreia em livro ocorreu em 1963, com o livro *Paranoia*. Publicou mais tarde os livros de poemas *Piazzas* (1964), *Abra os olhos e diga ah!* (1976), *Coxas* (1979), *20 poemas com brócoli* (1981), *Quizumba* (1983), *Antologia poética* (1985) e *Ciclones* (1997). Morreu em São Paulo em 2010.

Romain Beaudot nasceu em Bruxelas, Bélgica, em 1996. Publicou seu primeiro livro, *Ici demeure le centre de la page*, em 2023. Vive e trabalha em Bruxelas.

Sergio Maciel nasceu em Curitiba, Paraná, Brasil em 1992. Publicou *raztara* (2017) e *esta casa malsã* (2020). Vive e trabalha em Curitiba.

Victor Squella nasceu e vive em Rio de Janeiro, Rio de Janeiro, Brasil. Publicou *Escápula* (7Letras, 2019), *Sair da Piscina* (Macondo, 2022) e *Antes o fogo ao relógio* (Macondo, 2023).

Wallace Prado nasceu em Ponta Grossa, PR – Brasil, em 2000. Sem publicações até o momento. Vive e trabalha em Ponta Grossa.

William Zeytounlian nasceu em São Paulo, Brasil, em 1988. Publicou *Diáspora* (2019). Traduziu Rainer Maria Rilke, entre outros. Vive e trabalha em São Paulo.

Zyom Rosa nasceu no interior do Rio Grande do Sul, Brasil, em 1996. Vive e trabalha em São Paulo.

Outros títulos das Edições Jabuticaba

Discoteca Selvagem Cecilia Pavón
trad. Mariana Ruggieri e Clarisse Lyra

Parque Modelo Peu Araújo
posfácio Kalaf Epalanga

caderno-goiabada Nina Rizzi
posfácio Heloisa Buarque de Hollanda

Minha voz de tinta Marcel Beyer
trad. Douglas Pompeu

Só uma rosa como arrimo Hilde Domin
trad. Simone Brantes

Pequeno inventário dos meus erros Cecilia Pavón
trad. Marcelo F. Lotufo

O velho que não sentia frio Daniel Francoy

Por trás e pela frente primeiro Kurt Schwitters
trad. Douglas Pompeu

Necrópole Vladislav Khodassiévitch
trad. Bruno Barretto Gomide

O método Albertine Anne Carson
trad. Vilma Arêas e Francisco Guimarães

Que tempos são estes Adrienne Rich
trad. Marcelo F. Lotufo

Virá a morte e terá os teus olhos Cesare Pavese
trad. Cláudia T. Alves e Elena Santi

Natureza aberta Dora Ribeiro

Párocos e mestres Ivy Compton-Burnett
trad. Marcelo F. Lotufo e Vilma Arêas

Moldávia Timo Berger
trad. Douglas Pompeu

A história do leite Mónica Ojeda
trad. Ayelén Medail

Dados Internacionais de Catalogação na Publicação (CIP) de acordo com ISBD

P379 Peixe-boi 2: revista de literatura / Vários autores ; organizado por Ricardo Domeneck. - São Paulo : Edições Jabuticaba, 2024.
152 p. ; 19cm x 26cm. – (Peixe-boi ; v.2)

Tradução de: Peixei-boi
ISBN: 978-65-00-95520-0

1. Literatura brasileira. I. Domeneck, Ricardo. II. Título. III. Série.

CDD 869.8992
2024-2561 CDU 821.134.3(81)

Elaborado por Odilio Hilario Moreira Junior - CRB-8/9949

Índice para catálogo sistemático:
1. Literatura brasileira 869.8992
2. Literatura brasileira 821.134.3(81)

9 786500 955200

Esta publicação foi composta em Avenir e Garamond e impressa em papel pólen natural pela gráfica Psi7 em setembro de 2024.